JN064746

蛍が飛ぶ日

遠野 遠野
TONO Toya

文芸社

目次

谷にありて

今日は二〇一〇年七月二日（金）。

暦ではこの日を〝半夏生〟と呼び「夏至から十一日目にあたり田植えの終期」と暦本に明記されている。

夜っぴて車をとばし、闇から幾分醒めてきた夜明け直前の夏の冷気の黙の中、流れを寸断している雲谷堰堤の無人の管理棟前に到着した。

寒村の渓には似つかわしくない要塞の一部のような分厚く高い大きなコンクリート壁が迸る谷底からの水音を遮り、小鳥たちの囀りもまだ聞こえてこない。

昨晩から一睡もせず眠いはずなのだが車から降りて夜から朝へ向かう風に全身を晒すとキリッと一本背筋が伸びる。この感じがいい。

逸る気持ちを意識して押さえながら、静かにゆっくりと釣り支度を終えると実によいタイミングで空が明け放たれていて、いつの間にやら鳥たちの唄が聞こえている。

堰堤脇の小規模な流れの雲谷から本流へ下ると堰堤上流側の際だって広くなっている所

の草地に立つことになる。

そこから浅瀬を少し上流へたどると左岸側から大岩が川に突き出していて、その先端部にチョコンと置いた玩具のような朱色の鳥居が直ぐ目に入る。その奥に小さな祠が祀ってあり、岩に向かって右下が登り口で石組みの階段がその祠に手が届くところまで伸びている。

この渓に来るようになって十年を少し過ぎ、ここを通過する際に手だけは必ず合わせていたが、祠の所まで上がって言葉掛けをしたのは五年目に当たる二〇〇四年の〝半夏生〟の日が最初であった。それはこの年の春先、暦の中から見つけてとても気になっていたこの言葉の所為だったとの思いがある。

他にも如月、啓蟄、立秋、十五夜、小雪、冬至など耳心地のよい言葉は暦の中にあるが、やはり釣り師はこの言葉が特にお気に入りで今年の場合は休暇をとってここに居る。

「はんげしょう」

なんと艶っぽい響きだろうか。


クッキーを一枚供える。昨年も同じようにした記憶がある。

暫くの瞑想のあと、一拝。

「生きとし生けるもの森羅万象これみな感謝」

いつも二回、こう呟き祈る。

夜が明け切ってから釣り師は上流へ歩き始めた。

キャンバス地のウェーディングシューズが軽快に底石を捉えてゆく。

この季節が好きで、釣り師は谷をたどるだけで幸福を感じている。

特に夜明け直後のこの時間帯で時々起こる、時間が止まるのが好きだ。

時間が止まるとは釣り師の感覚の形容で、水の流れる音以外、一切の音がない時のことをいう。集中力の結果だろうが時には水音さえ静止することもある。これらの現象はこの手の釣りを経験しなければ理解出来ないかも知れないが。


右岸は植林されていてほぼ杉と檜に下草だけだが左岸には植生が多く、野バラ、椿、楠、猫柳、楢、カシワ、クヌギ、櫨の木、山藤、山桜、山躑躅、合歓の木、楓、鬼胡桃、石楠花、真竹、隈笹、野イバラ、青ダモ、エノキ等、その他釣り師も知らぬ雑木雑草が混生している。

木々の枝が両側から張り出してのトンネル状の浅瀬を上流へと水を蹴る。この辺りは大きな石もなく歩き易い、その分やはり魚の影も薄いのだ。

水面から穏やかに立ち昇る靄が森の中を気ままに行き来し、再び川面に降りて釣り師をしっとりと包む。

深く息を吸い込むと、この谷間で生まれたばかりの大気が体幹まで沁み入ってきて……。釣り師のくたびれた身体に蔓延って残る、もつれ、切れ、ささくれた、神経のストレスや筋肉の炎症が、揉まれ、ほぐされ、整えられる体内での再生に、小さな身震いが手足の末端まで共鳴しながら沁み渡るのだ。

立ち止まって今朝二度目の瞑想。ほんの一分だが、眼を開くと少し前と違う自分がいるようで、大げさでなくよくこういった想いにかられる。

これは自然の摂理からの恩恵を受けているのだろうが、神様からの心地よい悪戯にも感じられる。

雲が切れて谷間にいきなり光が降り注いで、深い緑が弾けて釣り師の全身が蒼に染まった。

三時間ばかり魚と遊んだあと、釣り師は渓を上がることにした。

今日は約束もあって早めに帰るつもりだ。

彼の住む京都から約一一〇キロ離れているここは北陸の渓流〝耳川〟である。

魚は釣れなかったが釣り師には今日一つ収穫があった。収穫といっても何かを手に入れたわけではないが……。

渓流とはいえ里川なので、渓の両脇にここまでで五つほどの小さな畑があるのだが、その三番目の左岸側にある夏野菜が盛りの緑濃い畑で素敵なおばあさんに出会ったのだ。

毛鉤を飛ばしながらリズミカルに岩を跳んでいると、視線を感じたのでキャストを止めてその方向を見ると、モンペを穿いて姉さん被りで、少し腰をかがめたおばあさんがそこに居た。

目と目が合うと、わざわざ手拭いの被りものを取って会釈をしてくれた。

釣り師は「オハヨウございます」とハッキリと丁寧に言った。

おばあさんは神さまのような笑顔を見せて「ああオハヨウさん」と言った。

なんて美しい人なんだろう。色白で鼻筋が通った切れ長の目、上村松園や伊東深水の美人画から抜け出たようで、気品もある。

多少のシワは当たり前だろうけれど若い頃には随分もてたのだろうなと思えた。それに全身から仄（ほの）かにだが、えもいわれぬオーラのようなものを感じる。

その場を離れ難く思いながらも特に話す話題も浮かばないのでそのまま釣り上がった。

けれどもおばあさんはかなり長い間、釣り師の背中を見ていたようだ。

前方の大淵の右岸側、即ち上流に向かって左側にある大岩を登って道に出るつもりだったが、慣れたコースゆえに油断があった。

正に命取りになった。

左手に竿を持ち、右手で大岩の突起を握り掴（つか）みしながら徐々に登る。

最後の詰めだった。

掴んだ岩の出っ張りがスポリと抜けた！　そのままズリ落ちれば擦り傷と濡れ鼠で済んだのだが釣り師は深みへ跳んだ。

例年ならば何もないところなのに、春先の大水の水圧で、落ち込みから押し出されてきた大きな岩が水面ぎりぎりのところにあった。

水面に当たる寸前「あぶない！」と言う誰かの声が聞こえた気がした。

直後、今まで味わったことのない強烈な衝撃と共に、痛みも感じないままフッと意識が途絶えた。

三人のグラフィティ

夕方六時ジャストの待ち合わせ時間。

これから京都市内の代表的なビジネス街である烏丸六角まで急がなければならない。ウサが待っているからだ。

オグの自宅は伏見。車を北へ向ける前に近くに住むワタを先に拾うのだが位置関係では少し南になる。目的のマンションに近づくと出入り口のエントランスに彼が見えた。いつもそうだが遅れた理由を取り立てて訊いてはこなかった。

現在、午後五時五十五分だ。約束の時間にもう五分しかない。

ウサがあれだけ時間に念を押したので、多少は考慮しても十分が限界だろう、あと十五分で目的地まで、無理は承知だが。

この時間帯の道路の渋滞を熟知しているオグの頭の中のナビが方向を定める。器械のナビはこの場合なんの役にも立たない、遠回りをしてでも渋滞を避けるルートを選ばなければならないからだ。

国道24号を北上し龍大通りを西へ、新堀にぶつかりそれを右折し上ル、十条通りを越え二つ目の信号、札の辻通りを左折し近鉄電車のガードをくぐって直ぐ右折北へ、九条通りをつっきり次の東寺通りを左折し東寺門前(もんぜん)にぶつかって右折、北に向かい大宮五条を右折、東へ、烏丸通りを左折北進、ここで限界だった。

時計は六時十分を指していてここまで十五分掛かってしまった。

ウサは午後五時四十分に着いた。彼女の職場がこの近くなのだ。この辺りビジネス街といっても、特に西側は数メートル道を入るだけで尺八、水引、指物、仏具、染手拭、組み紐、扇子等を造る職人の街でもある。

多少時間があるのでオグの車が止まるだろうと予想した辺りを見渡せるよう、商業ビル２Ｆにある馴染(なじ)みのカフェ「峠・ＴＡＯ」に入って通りに面した席に着く。

気になっていることが一点あった。

彼ら二人は飲みに行く時は意外にちゃんと時間通りに来るのだが、映画を観るとか買い物に行くとか、ライブに行く時など判で押したように遅刻して来る。

まさか今日はねえ……、とは思ったが今朝一番にメールで、

『言っとくけど今日は私が生まれて初めてホタルを観る日だからね、現地に着くのが遅れてダメになったらマジ怒るからネ解った！』と念を押した。

二人とも『遅刻なんか〝しませんよ〟十分前には必ず着きますよ』と申し合わせたような酷似(こくじ)の返信でこれはワタからの。オグのは〝しませんよ〟の代わりに〝せえへんよ〟と、この部分だけの違いだった。

けれど予想は当たった、午後六時十分になっても車は来ない。

怒り心頭だが努めて冷静に、オグの携帯へコールするとワタが出た。

「ウサさんすいません。今、烏丸仏光寺です。もう直ぐ着きますので申し訳ないっす」

再び努めて冷静に、

「解った、気をつけて事故らないように、今タオでお茶してるから」

「解りましたすいません」

電話を切ったと同時に、

「ウサ怒ってたか」

「かなりです」

「俺もな、今日だけはな」

けれど行くしかない。

電話を切ってから四分で着いた。

オグが車を降り歩道に出て交差点の北東角に見えるカフェ・タオに向かおうとしたら、ウサが停車した車の後方から足早に無言で後部座席の運転席側に座った。

ドアは閉めなかった。オグが回り込んで閉めた。

ワタは何も言わなかったが、ズーッとこのままじゃあないだろうけど、ウサが機嫌を直すタイミングを早く欲しかった。


オグとワタは同じ会社でウサは昨年までこの会社に居た元同僚である。

何故か三人のリズムが合うというか、気が合うというか、馬が合うというか、初めてこの三人で飲みに行き、三人共がこの組み合わせって何て楽しいんだろうと感じてから何年経ったろうか、皆お互いがこの関係を大切にしたかったし、壊したくなかった。

ワタ（和田拓馬）。自称松山ケンイチ、二十七歳、京都工芸繊維大学出の秀才。ラガーマンで身長１８３センチ。性格、いつもおだやかでいい奴。日本の若者としては理想なんだけど意外にもてない。気が小さい。女性に甘過ぎる。自己主張が足りない。言い争いが苦手等、サラリーマンとしては結構欠点も多い。このガタイなので切れるとスタンハンセン並に怖いだろうが容易くは切れないだろう。最近社内に彼女が出来た。

ウサ（上垣裟羅）。宮沢りえ似の美形でスリム、身長163センチ。もうすぐアラフォー三十七歳。離婚を機に会社を辞め現在自立するため、昔から好きだった草木染の仕事をしている。結構充実しているらしく染の話をしだすと止まらなくなってしまう。ノートを見せてもらうと詳細なメモを挿絵入りで見事に書き込んでいた。イラストだけでもプロ並みである。オグとワタは顔を見合わせ、二人とも随分昔に見た昆虫記ファーブルの観察日記の緻密な文字の列挙を思い出していた。凄い、改めてこの女性の才能を認識する。

オグ（小田群青）。戸籍上はアオイと読むが、子供の頃は群青の〝グン〟としか呼ばれなかった。南こうせつ似の五十五歳、身長172センチ。若い頃からバンドを組んだり、弾き語りでステージに立ったりと同世代の中では音楽に強い。それに三十歳から始めたフライフィッシングには若干の自信あり。その分仕事に関しては？　か、本人曰く「俺は五十過ぎても色気のある男でありたい」とよく話してるが、ウサに言わせれば「格好付けてもダメ、あなたはただのスケベジジイだよ」っていつも一喝される。ご明察。

一時、同じ企業で働いていた縁で青春グラフィティが出来ていることを三人共単純に楽しんでいたが、ウサの離婚を知った時、言いようのない責任感に襲われ、単純でシャイで不器用な男二人はかなり落ち込んだ。

離婚に関って色々あったであろう時期に、何も知らずノー天気に飲み会に誘ったり、ワタの彼女の誕生プレゼントを選んでもらったり、そんな時もウサは悩んでる顔を曖にも出さず勝ち気な自分を演じていたようだ。

けれどウサに対して「彼と別れたみたいやけど俺らに出来ることなら何でも言うてくれ」なんてのは禁句なのだ。

何気なく、さりげなく、何もなかったように振る舞う。気を使っている素振りを見せない。それがウサに対しての礼儀だろう、オグとワタはそう決めていた。

車は渋滞を避けるために烏丸通りを南へ下り京都駅の東側をかすめ、国道24号から九条通り経由で国道1号に乗り、名神南インターの南側を通過して洛西から国道9号に入るコースをとった。

ウサは、相変わらずオグの運転はどんな状況においても上手だなあと思っていた。低速でもスピードを出していても同乗者に対してストレスや怖さを感じさせない。枯れたハンドリングとでもいうか、とそんなことを考えていた矢先、そうだ私は怒っていたんだ、いや怒っているんだと我に返った。

今、京都縦貫道に入って時速95キロで西進中である。

二人がウサに対し悪いことをしたと思っているのは周知である。さっき車が走り出した瞬間二人共が、「待たせてごめん！」と言ったきり、お互い一言も口をきいてない。

十分、二十分のことで怒っている自分もあまり良くないかも知れない。何とかしようとして、「オグ、あとどの位かかるの」と聞いたと同時に、「トイレ休憩」と言って車は南丹サービスエリアに入った。タイミングがまずかった。オグは一人居る女性のために気を使ったのだが状況は裏目に出てしまった。

ウサは降りなかった。男二人はトイレを済ませ車を出したが、気まずさが助長されたようで良くない雰囲気が続く。

でもここは私の方から話しかけるべきかなあ、とウサが思い切って再度声をあげようとした時、それはいきなりだった。

短いトンネルを抜けた直後の黄昏の西空にウサの眼が釘付けになった。

現在(いま)この空の、単に美しいだけではなくて、伸びていく高速道路と藍色の低い山を底辺にして暮れてゆくこの空の見事さは……。

「何なの……、こんなの初めて」とウサがつぶやくように言葉にした。

オグもワタも前方を見つめながら、ウサの一言が先程からの気まずさを瞬時にして溶かしたのを感じながら改めて空を仰いだ。

オグが法定最低速度の60キロ近くまで落とすと、時速１００キロ位で走ってきただろう後方からの車が次々と追い越し車線を駆け抜けてゆく。

三人はなにも話さずただじっと前方を見遣っている。

豪華、豪奢(ごうしゃ)、絢爛(けんらん)、荘厳、壮麗、厳粛、燦爛(さんらん)などとそれらしい言葉を並べても。朱色、橙(だいだい)、緋色、茜、丹(に)色、山吹色、金赤、紅(くれない)それに紫、菖蒲(あやめ)色、瑠璃色、亜麻色や琥珀色、鉛色もあると、眼に見える色彩名をいくら列挙してみても、現在(いま)繰り広げられている夕焼けと光芒の氾濫をどれだけも表現できない、などと、そんな形容の仕方が決してオーバーではないと言い切れる位の滅多にない日没前の情景なのだ。

西の果てに輝く壮大な空のドラマをそれぞれが想いの襞(ひだ)へ想いの数だけ刻み込んでゆく。

ウサもワタも持っているカメラを構えもしなかった。

トンネルに入って即座に現実に引き戻された三人。

オグとワタはウサを見て案じた。眼元が潤んでいるように見えるのだ。

さっきの『何なの……、こんなの初めて』の言葉の後、暫く無言だったウサが二人に見られているのに気付いて少しうつむくと潤んだ眼から涙が途切れ途切れに落ちた。これを見て胸がキュンとならない奴はいないだろう。

気取らない、飾らない、何時も変わらない。それに少女のままの強い感性も。

男二人はただ単純に、ウサの魅力を改めて想った。


二〇一〇年六月二十四日（木）。

オグの友人の京丹波の山荘に着いたのは午後七時三十分だった。

遅刻でウサを怒らせたけれど何とか間に合ったようだ。

車を降りた三人は高台に登って、まだ残っていた山の稜線の赤い輪郭が徐々に消えていくのを暫く眺めていた。

ホタルを観るためにここに来たのだが、ことの発端は一週間ほど前に二条河原町を少し上がった所の、築もう六十年で壁のあちこちに亀裂の走っている五階建てビルの地下に在る〝ＢＡＲ・コーチマン〟で飲み会をした時、オグの同級生の山荘で、去年だけどホタルが凄かったらしいよ、が始まりだった。

　ワタはポツリポツリとほんの数匹のホタルは経験あるけど、ウサに至っては生まれてこの方本物を見たことがないという。

　それじゃあ一丁段取り付けるかということで、オグの同級生である京丹波の〝シマヤン〟という人物に連絡し天気予報等を考慮した結果この日、六月二十四日と決め現在（いま）ここに三人で居るのだ。

　雨の次の日の蒸し暑い日が良いのだが、生憎（あいにく）一昨日が雨で、昨日のホタルがとても良かったらしい。いきなりフラッと来てこれは凄いってのは中々難しいのだ。シマヤンは今夜この山荘にはいないのだが、彼からの連絡によるとこの頃は午後八時丁度位からホタルが飛び出すよということで、そろそろその八時になる。

　オグは段取りした手前責任もあるので竹藪、たんぼの畦道、東側の小川や杣道（そまみち）へマグライトを翳（かざ）しながらホタルの痕跡を捜した。

　少し生長した稲の緑をまだ認識出来る位の明るさの中、その伸びた緑の先端の高さをスーッと小さな灯りが三人の方に流れてきた。ウサが、「見て見てあれホタルちがう?」と言ったと同時にオグもワタもそれを見つけた。

それを切っ掛けにポツリポツリと、低いところ少し高いところ電柱の高さ位のところ、四匹、五匹……やがて十匹位が辺りに飛び始めた。

ただそれ以上にはあまり増えてゆかない。

三人とも田んぼの畦道に居たので道路に戻る。もう完全に陽は落ちた。

ホタルを見つけたとはいえほんの十数匹である。乱舞とまではいかなくても何とかもう少し数をと考え、来るとき渡った川に架かっている橋の袂(たもと)まで戻った。付近で唯一ここにのみ街灯がある。

読みは当たった。橋から上流側を見て左側の竹藪が雑木と共に川面に突き出しているのだが、かなりの数の蛍である。クリスマスでの控えめのＬＥＤデコレーションという雰囲気で、小さい点滅だがおそらく千に近い位の数は居るだろう。

これ程の数はオグも久しぶりである。三人は暫(しば)し喜びの言葉を交わし合った。ウサとワタは光の明滅に未だ夢中なのだが、その一つの要因として川面に映る分で数が増して見えるからだろう。

笑顔の二人を見ていたオグが橋から離れてその竹藪の背後に廻った。足元がとても悪くて灯り無しだと刈り取った刃物のような竹の切り口で大怪我をするかも知れない。

彼の考えていた通り、手で捕獲出来る高さに数匹、藪の中に浮かんでいた。ハンチングを振り回し容易く一匹を捕まえて、再度足元に用心しながら橋の上に戻った。生まれて初めてのホタルだというウサに間近で見せるためだ。

オグは自分の手にのせ、軽く指でつまんで裏返して光をウサに見せた。ワタも久しぶりの間近でのホタルである。

「お腹のところ二節光ってるのが雄で、一節のが雌らしい。そやから」と言いながらウサの手の平にホタルをのせた。

彼女は意外と平気でホタルの動くがままにまかせている。指の先端部まで来たので、

「ウサそのままじっとしてて」とオグがいい、

「たぶん指先まで行ったらそっから飛び立つと思う」と言葉をつづけた。

ウサの指先から羽を広げてポッとホタルが飛んだ。

たよりない消え入るようなささやかな光がほろり、ぽろり、ふわり、ぷわり、ふらつきながら川面を飛び交う群れの中に溶けていった。

神秘で可憐で質素な、淡い光の点滅が音もなくいつまで続くのだろう。川面に光る千の灯りは一見冷たい光だけれど、暖かい心の煌めきへと変わってゆくように思え、三人にはホンワカと心地良かった。

これには儚い命を想っての人としての純粋さもあろうが、繰り広げられる目の前の明滅が数億年という悠久の時を経てきた小さな虫たちの逞しさの証しとして感じ取れるからかも知れない。

橋の上でホタルに夢中の最中、ワタが何気にヒョイと空を見た。横に居るウサも見上げる。首の動きの追っかけっこのようにオグもそれを真似た。

弾けそうな夜空にここでやっと気が付いたようで、頭上には今にも降りそそがんばかりの満天の星が溢れていた。

今日はなんて日なのだろう、黄昏の西空、蛍の群れ、それに加えて正に宇宙から止めを喰らったのだ。

三人ともがホタルに目を奪われ上空への意識はなかったのだが、初夏の夜空から三人を包み込むように静かな感動が優しく降りてきて、今まで生きてきた中でも特上の日ではなかろうか、そんな思いの共有を互いに感じていた。

　東の山の上を流れ星が続けて二つ線を引きつつ南へ消えてゆく。オグは声を出しかけたがウサもワタもどうやら願い事を呟いたようで彼もそれに倣った。何を言ったかはみんな内緒。

　流れ星の余韻の中、ウサが「あっ」と小さく驚き、少し間があってから「北斗七星！でしょ」と独り言のように呟いた。

　物凄い数の星の輝きの中でも柄杓形の七つの星がほぼ真上に、存在が明確に解る。星座に精通している三人ではなかったがこれ位は知っているという夜空の代表格である。暫し無言で、それぞれが過去に見た夜空と比較したりそれを想い出したりしている中で、ウサが急に真剣な眼差しになって、

「あの北斗七星の一番シッポに光ってるやつ、あの星とってきて」と命令口調で言い、

「とってくれたらキスしてあげる」と言葉を続けた。

　男二人は顔を見合わせ何かほっとする。今日初めて、ウサとしては精一杯のジョークを言ってくれたのだ。

　そこへオグが、

「いまのキス の話、嘘やないやろな！」と突っ込みを入れる。

それを受けたウサは、

「勿論よ」と軽く返す。

オグとワタはものの数秒話をしたかと思うと二人して橋のたもとから暗い急な斜面を滑って尻餅を突きながら流れへと降りていった。

二人は街灯の光が届かないところで何か言い合っていて、結局ジャンケンを済ませてから上がってきた。どちらが先に上がるかで揉めていたようだ。

ワタが先に上がって下に居たオグから受け取ったのは川の水がたっぷり入ったオグのハンチングだった。

ワタの腰から下がずぶ濡れになっていて、結局二人とも川の中で転んだらしく少し遅れて上がってきたオグはもう全身濡れ鼠である。けれど二人とも顔は爽やかで、ポトポト滴が落ちているハンチングをワタが差し出し、

「ウサさんこのハンチングのなかの星ではダメですかね」と小声で聞いた。

暫く間があってからワタが、

「オグさん、ウサさんの様子、チョットおかしいです」と伝えた。

「エーやっぱー。俺ら何かマズイことしたかな、言うたかな、キスとか、あれかな？」明らかにウサは泣いている。しかもその声まで聞こえる。

男二人はただオロオロするばかりで……。

ウサはビショ濡れの二人を見て、胸に込み上げてきたのだ。

「何であんたたちはそんな無茶するのよ、真っ暗な川ん中に降りるなんて怪我したらどうすんのよ！」

ウサはかなり激昂してこう言った。

男二人は当惑している。

声を詰まらせながらも気丈ゆえにかウサは言葉を続けた。

「違うのよ、嬉しいの。私の離婚で気を使ってくれてるの解ってるし、何年も付き合ってて急に初めて、ホタル観に行こうだなんて、私を元気にしてやろうって魂胆が見え見えなのよ、こんなことしてくれなくても私元気だし、二人とも頭悪いからやろうとすることが直ぐ解っちゃうのよ、もおっ……」

二人は唖然としながらもウサが思ってたことをそのまま話してくれたのが素直に嬉しくて胸に何か込み上げてきた。

彼女は泣き顔のままでオグとワタの頬に感謝のキスをして照れた。

男二人もウサからの思わぬプレゼントに目を逸らしたがこんな場合は『ありがとう』がいいのか『無言』でいいのか、結局二人共にウサの唇の跡を指先で何気に撫でているだけだった。


三人は車に凭れて、深い夜空に吸い込まれ引き込まれながら無数に散っている星をいつまでも眺めていたかった。

明日が来なきゃあいいのにという心境である。

「ちょっと首、痛たないか?」とオグが。

「もおー、こんなロマンチックなシーンなのに!」とウサが。

「オグさんそろそろ齢ですからねえ」とワタが。

三人の笑い声は、時間と共に涼しくなってきた優しげな風にまぎれて蛍にも届いているのだろうか。


丹波高原の澄んだ空。

大宇宙から星の光が降りそそいで、圧倒する数でひしめき輝き眼に痛い位に沁み入ってくる。

それぞれの想いの中にこの束の間の童話のような光景の一部始終がきっと刻み込まれたに違いない。

そうだよ童話、幼稚園のキンダーブックに確かこの星空みたいな絵が有った。覚えてる。だからなのか、この懐かしくて切なくて胸のあたりにある白くてぼんやりしたものは遠い記憶で、それとシンクロしていたのかも。

園児だった頃から、三人それぞれがそれなりの年数を経てきたのだ。

幼かったあの時の星はいまに至り未来へと確実に繋がっている。

星はきっと永遠なのだ。

谷に倒れて

大岩から落下して傷ついた釣り人の身体は二十メートルほど流されて静止している。気が付いたようだ。

右岸の葦の間に上半身があり足首のあたりが、中央寄りの河床から突き出している岩に引っかかっている。

丁度小さな流れを塞ぐような恰好で止まっていた。身体には常に水圧がかかっていて今にも流されそうだ。左手に痛みはなかったが水中にあるその手を動かすことは無理のようで、右手はそれなりに動かせる。

この時、落下した時の衝撃が甦ってくる感じで右側頭部に激痛が来た。ドクドクと脈を打つ度(たび)にかなり痛む。患部に手をやると指にベットリ血が付いた。

右肩のほうを見ると肩から葦の生えている砂地までが血で染まっている。

これはマズイ！　と命の動揺を感じたが、仕方がないかと達観の思いもあって死ぬかも知れないが不思議に怖くはない。

上流に眼をやり直ぐに状況はつかめた。

自分の位置から八メートル位上流側の流れの中央にロッドの先端が水中から突き出ていた。リールが重いのでグリップ側が沈んでいるのだろう。折れてはいないようだ。落ちた場所が見える。頭をぶつけたと思える岩も解った。迂闊（うかつ）だったよなあ……。

ここで再び気を失った。

どの位経ったのか再度意識が戻った時は既に陽は落ちていた。暗い、それとも死の前兆として光を感じなくなっているのか、強い雷鳴が響いている。この音で気が付いたのだ。上流は雨か、埃と水滴が混じったような雨の予兆の湿り気のある匂いがしている。

小さな灯りがポッと視野に入った。こちらにすい寄せられるようにその光はベストのポケットに止まった。ホタルだ。

もうシーズンは行ったはずなのに遅れて来たのか、旅に出遅れたか、それとも逝ってしまう男への神からのレクイエムなのか……。

もう痛みはない。ポツリ、ポツリと雨が来た。弱っているのか動かない〝残り蛍〟をつまみ、雨をしのげる岩の下に移動させた。

「生きろよ……」

雨は瞬く間に強くなって明らかに増水してきている。ここは海に近い。流されると一気に行ってしまうだろう、海まで。

水勢に身体を持っていかれる。何も出来ない。足元が下流側へ動いた。右手で葦を掴んだが握ったのは緑の葉のみ、一枚、二枚、三枚とぬけるように剥がれ、全身が下流に向かって流れ出した途端に思い出した。

そうだ今夜は何時もの三人で食事会だった。

「行けなくてゴメンナ！」

大粒の雨にぶつけるように、真っ暗な空に向かって大声で叫んだ。

遠くの方で救急車のサイレンが聞こえている。

まさか自分のためじゃあないだろう。

薄れてゆく意識の中で、あのホタルの飛び立つのが見えた。


今夜は、馴染みにしているこのお店で年一回催されるセール料理の期間中で、スペイン産のイベリコ豚のソテーとポーランド産のポルチーニ茸のパスタを食べるために小田がセットした。

　これまでの慣例で三人が揃わない限りアルコールは口にしないことにしている。特に何かがあってそうしている訳ではなく、食事あるいは呑み会の始まりは何時も三人での乾杯からという儀式のようなもので、ここを蔑ろにすると気持ちが良くない、ただそれだけの理由なのだが……。

　温野菜や魚介のカルパッチョなど軽めの料理をポツポツと頼みつつ、それを摘みながら、ウサは温めたウーロン茶で、ワタはジンジャーエールでと喉を潤していた。時間的にも胃袋的にもそろそろ限界に近い。

「オグさん遅いですネ……」

「こんなこと初めてダネ……」

　夕方六時三十分から始めようと言っていて、もう七時三十分になる。携帯も繋がらない。何かあったのだろうか……。

　夜の帳が下りて街並みに灯りが点ったのに合わせるように、夕刻前から泣き出しそうだった空からとうとう降り出した。

もの の数分で風を伴い激しくなってきてエンパイヤビル十階にあるイタリア料理店・エースカフェの厚いガラス窓へ雨が横殴りで音を立ててぶつかってくる。

いきなり、

『行けなくてゴメンナ！』

雨音の隙間から確かにそう聞こえて、雨以外の水の流れる響きも感じた。二人は顔を見合わせて、空耳か……。

「まさかね」とワタ。

「オグ、何かあったんだ！」とウサ。

二人は、もう待っているだけではいけないと判断した。

「耳川でしょ」

「行こう！」

*

二〇一〇年六月十二日（土）朝、小田は新聞を読んでいた。京都新聞に浅く目を通していると、不意にある活字に吸い寄せられる。
〝四百年前のヒナ人形が大瓶（おおがめ）の中に〟のタイトルとそのお雛様の写真入りの記事だった。

小さなスペースだが文章の最後の方の調査の結果に、元々この人形は福井県美浜町の山側に在った粟柄（あわがら）村の庄屋の家に代々伝わってきた物である、と締めくくっていた。

小田が釣りシーズンになると毎週通う耳川の上流の廃村の名前である。

発見されたこの場所は江戸時代から二十三代続いた「三宅朱甫（しゅほ）」という京人形師の屋敷で、大幅な改装のため地下室のスペースを掘っている時に発見されたという。当家の口伝えでは敗戦濃厚となってきた昭和十九年の一月に、家宝である雛人形の安全を考えた上でこの形で埋められた、と記されていた。

そう、ただの古い雛人形が発見された、ただそれだけの記事である。

確かに粟柄村の活字は気になったけれど、それは詳しく読んで解ったことで古い雛人形に特に興味があるわけではないし、関わりとすれば娘の節句に比較的廉価なこの手の人形を購入した位であった。なのに何で市民版の隅に記載された小さな記事が目に付いたのだろう……。

このことは後々まで小田の心の隅に魚の小骨のように引っ掛かり、中々取れないでいた。

救　出

ここは福井県立美浜病院２０１号室。

四人部屋だが患者は県外の怪我人が一人。

患者の名前は小田群青五十五歳、仲間内ではオグと呼ばれている。

今日は二〇一〇年七月十日、彼が救急車で運ばれてきたのは二〇一〇年七月二日。生死の境で何とかこの世への未練が優ったようだ。

今回は偶然が重なったとはいえ、命への不思議が幾つもあった。


二〇一〇年七月二日（金）。

エースカフェでオグと待ち合わせのウサとワタはあまりにも遅いのと空耳かも知れないが強い雨の中、オグからの声を二人して聞くという特異な状況もあって、オグの奥さんの車で耳川へ向かい、ワタがステアリングを握っている。

奥さんへは携帯で先程、用件は伝えてある。

ワタは、ウサと二人で小田家へ向かうタクシーの中で、こんなことでいいのかな……、いやオグの奥さんが我々の言うことを素直に、この胸騒ぎが心から出ていることだと信じてくれるかなと考えていた。ウサと目が合うとワタの想いを察したらしく、

「大丈夫、オグは私たちのことを性別に関係なく大切な友人だと常に言ってくれているから私はそう思っている、だから行くの。これはお節介じゃあないの、あなたはどう……」

二人は頷き合ってから小降りになった外を眺めた。


到着した時には雨は上がっていて奥さんが玄関に立っていた。

二人居る子供さんのうち、中三の男の子の方が上がり框（かまち）から心配げな眼差しを奥さんの肩越しにウサに向けている。視線が合ってお互いが軽い会釈を交わす。

ウサ自身、オグとは無論特別に何もないのだが何気に高校生の姉の方でなくて良かったとホッとしている自分を意識した。勿論、一応女だからだ。

とはいえワタの心配は要らぬことだったようで、奥さんは、

「私が運転して耳川へ行きたいんだけれど、具合の悪い義母（はは）を独りで置いとけないので悪

いけどワタ君とウサさんで行ってくれる」と、彼女は努めて冷静に事務的に二人にそう伝えてから、重ねるように、

「この車を使って」と、彼女の真横に在るブルーのセダンに目をやってから手の中に在ったキーを差し出した。ウサが、

「それじゃあ……」と言いながら受け取りワタに手渡す。

ウサは、奥さんが結構熱い人だと聞いていたので、ご主人が、『もしかすると命を！』の時に、ワタにはああ言ったけれど同性である私の方がでしゃばり過ぎたかなとも思ったが、とにかく、誰かが、早く、向こうに行かなければと判断し自分の迷いを無視したのだが……。

奥さんの名前は日記（にちき）だがオグは〝ニッキ〟と呼ぶ。イントネーションとしては〝日記〟じゃなくて香辛料の〝シナモン〟を言うところのニッキだ。加えて話し方で伝わってくるが生まれも育ちも東京の下町、佃島（つくだじま）である。

実はウサのお母さんも東京の人で父の住む京都に嫁いできた。従ってウサの実家としては京都になるが、銀行員だった父親の関東エリアへの転勤の関係で彼女は小中高の十二年

間を、東大で有名な文京区本郷で過ごした。

従って京都に住むようになってからも一人いる兄も含めて家族間では東京言葉で話している。

こんな事情でウサはオグの奥さんに同じ東京人としての親近感をもっている。

半年ほど前に、小田夫妻、ワタ、ウサの四人で食事をしたことが一度あっただけで夫妻共にでは深いお付き合いをしている訳ではないが、この緊急時の会話の中で明らかに私たち二人に対して信頼感を持ってくれていると窺えたので思い切って行動して良かったのだと幾分かはほっとした。

この時、ウサは以前から少し気になっていたことをたずねた。

「奥さん、少し前のことなんですけれど六月二十四日、木曜だったと思うんですが、その日も今日みたいにお義母（かあ）さんの具合が悪くならなかったですか」

「ああ、皆さんで蛍を観に行った日じゃないですか。あの日は主治医の先生がいらっしゃらなくて主人が院長先生の自宅まで行って、家は近くですから。半ば強引に病院まで来ていただく段取りをつけてから私が義母（はは）を連れて行ったんですよ。その後随分あわてて出て行きましたよ」

「やっぱりそうだったのか、オグもそう言えばいいのに。ワタそのへん押さえとかなきゃあだめよ、私の言いたいこと解るでしょ」

「そうだったんですか」とワタは恐縮した。


耳川へ向け走り出した時バックミラーに、顔を両手で覆った奥さんの姿が痛々しく映った。私が女ってこともあるだろうけれど、やはり強がっていたようである。ウサは胸が痛かったが彼女のためにも、今は最悪の事態にだけはなっていないよう祈る他ない。

本町通りに出て直ぐウサが、

「あまり飛ばしちゃだめよ、我々が事故ったりしたら奥さんをもっと苦しめることになるから」

「解ってますよ。でも郊外に出たら飛ばしますよ、早く着きたいし」とワタ。

車はＦ社ハッチバックの特別仕様で３００馬力以上あり、湖西道路に出るとアクセル一踏みで１２５キロ、３６００回転まで吹き上がった。ウサが間髪容れず、

「だめ90キロ迄よ！」とたしなめる。「はい」とワタ。とまあそんなやり取りをするにはしたが速度超過には違いなく、この道の制限速度は一応〝60キロ〟なのだ。しかし自動車

専用道なので前方に遅い車がなければ皆ほぼ80キロ前後で走ってはいる。車の性能を頭では理解しているつもりではあったが、この加速の体感には凄みがあった。
「気を付けなきゃあ」と自分を戒める。このような時、一人だと大抵の場合調子に乗ってしまうのがこれ迄で、それが元での失敗の記憶が少しだがある。

　小田からの話では奥さんは大学時代自動車部の一員で〝国内A級ライセンス〟を取得している位の車好きで勿論運転も上手。車を選ぶ時には購入出来る範囲の中で性能を最優先にセレクトしてきたらしく、この車は四駆党のオグの勧めで即決したという。三年落ちといってもかなり高価な車らしいが購入費用は前車の下取りと奥さんのへそくりだと聞いている。因みに彼女は二十代の時、スピードと追い越し違反を重ねて一度免許を取り消されており、再度公安委員会で普通免許を取得したという、ある意味強者（もさ）である。

　ワタは以前、耳川へオグと一緒に行ったことがあるので迷うことはない。
湖西道路から国道１６１号へ、国道１６１号大溝から湖岸道路へ出て近江今津のバイパスを経て国道３０３号にのる。

国道27号に出るまでは山岳のワインディングで前にバスがいないことを願っていると直ぐに三台連車に追いついたが、それなりに飛ばしていたのでイライラはない。熊川宿を左に見て少し走った所から農道へ右折し、国道27号へショートカットして入る。国道27号は意外に混んでなくて、左に三方湖(みかた)を見て暫く走ると直ぐに新庄への農道に取り付くことが出来た。

嶺南(れいなん)変電所にぶつかり左折し、橋を渡り直ぐに右折すると見覚えのあるキャンプ場が目に入った。そこを越えて少し行くと直ぐ現場に到着した。

捜すまでもなく前方に救急車のワイドビームが見えて赤の点滅がやたら派手である。とにかく生きていて欲しい。この時の二人の思いはただその一点だった。

ワタがブレーキをゆっくり深く踏み、速度を10キロ以下に落として静かに近づいてゆくとおばあさんとすれ違った。広く照らしているヘッドライトの片隅が顔をチラッと照らす。色白で上品そうな顔立ちである。

ウサは一瞬、そのおばあさんに様子を聞こうかと思ったけれど止めた。

十メートルほど手前のパーキングスペースに車を止め、降りて走った。

「すいません、身内の者です」とウサが言いながら救急車の後ろに二人は廻り込んで……、二人の胸騒ぎは当たっていた。

丁度、オグを乗せたストレッチャーが『コン、カシャーン、カチ、カチャ』と金属音を放ちながら道路上から車内の耐震ベッドへ滑りこませて固定された。頭向きで入ったのでほんの数秒しか目に入らなかったが右側頭部に大きなガーゼが当てられ、顔は蒼白で息をしているかどうか確認出来なかった。

救急隊員は二人でオグを診ている様子だったが、五分程で若い方の隊員が車から降りてきての軽い会釈の後、

「で、ご関係は？」と聞いてきた。

ウサはオグを指差して、

「この方の奥さんの代理で今京都から到着したところです」と答え、その返答直後にワタが不安げに、

「オグさん大丈夫でしょうか」と言葉を告げると、

「あなたは？」と、隊員はワタにも同じように聞いてきた。

「会社の同僚です」と答えると、隊員は自分を落ち着かせるように一呼吸置いてから簡潔

で的確な説明をくれた。

「この下の流れの中で岩に引っ掛った状態から引き上げ、簡易ベッドに寝かせた時、気が付かれ、怪我人本人の名前等、運転免許証もあったので身元の確認は済んでいます。本人から事故の状況も話していただきました」

「その時はいたって冷静だったのですが応急処置を終えて簡易ベッド部を固定した後、ストレッチャーを動かし出して直ぐ気を失われました。怪我人には偶にあることで、ホッとするんでしょうね」

「現在の状態は左肘に打撲と擦過傷がありますが軽傷で、右側頭部の裂傷は皮膚が薄いこともあって頭骨に達しています。但し、目視と触診だけですが今のところショックによる意識障害は出ていませんし、頭痛や吐き気、嘔吐もなさそうですのでクモ膜下出血等の重篤な怪我までには至ってないようです」

「但し、出血はかなりのようですので、いま車載モニターで血圧や脈拍等、最低限の検査をしています、結果は直ぐ出ますので。一点お聞きしたいのですが患者さんは糖尿や心臓欠陥など、持病はありますか？」

説明書を読むように、隊員からの冷静な口調での話だったが、最後だけ少しトーンを上げてオグの既存疾患を聞いてきた。

「ないと思います。つい最近会社内での健康診断の結果が出たのですが、その検査結果が正しいとするならば悪いところは肝臓に関わる〝γ—GT値〟だけだと本人が言っていましたし、その〝受診結果通知表〟の中身もこの目で見ました」と、ワタが答える。

「ありがとうございます。解りました」

車内から先輩格の隊員が目配せしたので、彼は素早く車に乗り込んで一言二言話すと直ぐに戻って、

「どちらか付き添われますか」と聞いてきた。

「ハイ私が」とウサが手を挙げ、後ろのゲートからサッと乗り込んだ。

隊員はワタにむかって、

「病院は近くの県立病院ですから、後に付いてきてください。サイレンは鳴らさずにゆっくり走りますから」と伝えた。

隊員はまだ乗らずに誰かを捜している様子で、ワタは車のところへ走ろうと思ったが、

「誰かお捜しですか」と聞いた。

「ええ、おばあさんを、色白の上品なおばあさんなんですが」

「その人なら、ここに着く寸前に下流の方へ歩いて行くのを見ましたよ」

「そうですか……」

「どうしたんです」

「そのおばあさんが消防署まで歩いてきて小田さんの遭難を知らせて下さったんですよ。まあ命の恩人に当たると思いますので、差し出がましいようですが紹介だけでもしておこうと思いまして」

「そうだったんですか……」

「近いと言ってもここから自分の足で歩くと結構ありますし、お年寄りの足で大変だったと思いますよ」

「電話でもよかったのに？」

「考えが及ばなかったんでしょうね、ただ助けなければとそれだけを思い詰めて。以前ですが身内の方が稲刈りで怪我をされて数針縫ったんですが、結構な出血の状態が目に焼き付いたらしくて、電話で済むのに六キロ以上の距離を消防署まで駆けてきた青年もいましたよ。ある種、パニックになるんでしょうね」

ウサはオグの顔色と怪我の様子を自分なりに見てから携帯で奥さんに状況を知らせた。命の心配はさせたくなかったので多量の出血のことだけは伝えなかった。そのことが少し胸に残ったが自身の責任に於いて判断したのだ。

この時オグが気が付いたようで年配の方の隊員が本人の意識の戻り具合、顔色、出血、それに車載モニターの数値などを確認してから、

「今のところモニターの数値に差し迫った異常は出てはいません。患者さんとお話しされてもいいですよ」と言ってくれた。

このあと病院が見える所まで近づいてからの隊員との短いやり取りで知ったのだが、オグを診てくれている方がこの救急隊の隊長で救急救命士の〝主谷(おもや)さん〟、最初に話した若い隊員が〝立花さん〟、結局一度も会話を交わさなかった運転者の機関員が〝佐原さん〟で今年四月からこの三人でチームを組んでいると聞く。

先程の判断が間違ってなくてよかったと、ウサはホッとした。

隊員の方の指示もあって、患者の枕横窓側に固定されている折り畳み式パイプ椅子に座

ると、虚ろな目線がウサを確認したようで小さく微笑んだ。

　少し間があってから目が合った。こういう時、いつもならお互いが減らず口を叩くのが陽気に青春グラフィティしてるって感じなのだが、さすがに命のやり取りをしている怪我人に向かって話す言葉をウサは選んだ。

「オグ、中々精悍（せいかん）だよ。歴戦のツワ者が少しミスッて、敵の弾が頭をかすめたかな？」と言って笑った。

「何や、優しいやないか、何時もやったら年寄りの冷や水とか、もう若くはないんだからとか、俺がミスするとボロクソやのに」

「状況が、状況だからね……」

「俺、やばいんかな？　正直、本当のところを知りたいんやけど」

　ウサが隊員に目をやると、

「大丈夫です。今の状態をそのまま話してあげて下さい」と言って穏やかな笑みをくれた。

　先程ストレッチャーを固定して直ぐ、隊員の一人が既に運転席に乗り込んでいて、外でワタと話をしていた隊員が助手席に乗り込み病院への無線連絡を入れた様子で、数秒間を置いてから救急車が動き出した。窓からワタがついてくるのが見える。

ウサはオグに取りあえず命の危険はないことと、現在の怪我の状態を手短に話し、それに付け加えるようにそれなりの出血があったようだとも伝えた。

「ありがとう……」

オグはあの雨の中、流れを受け止め切れずにグラリッと下流に流れ始めた時、本当に死を感じ〝むこう〟の世界に行くまでもう何も出来ないんだなと思った。

何か叫んだことは覚えているが。無様(ぶざま)な死に様を想像しながら海の藻屑になるのだろうなと覚悟を決めたその時、あの蛍が確かにオグの視界をかすめたのが記憶にある。

あれは何か、助かったことへの意味があったような気もするのだが……。

朧(おぼろ)げな記憶からフッと我に返るとウサの顔があって、意識して一呼吸息を飲んだ。

「ウサ、ワタと一緒に来てくれたんか」

「ウン、奥さんのハッチバックで来た。ワタは後ろからついて来てる」

「女房には連絡いってるんかな?」

「ついさっき私がした」

「ああ、有り難う。連絡してもろてて申し訳ないんやけど家(うち)の奴と直(じか)に話したいんや、電話頼めるかな」

こう言って直ぐオグは自身の携帯を車に置いているのを思い出した。

しかし、それより何よりこの状況で電話をしても良いのかだし、オグの頭はストレッチャーの頭部パネルにほぼ固定だし、左手が身体とクッションの間に挟まれているし、右手には車載モニターのセンサーベルトが巻き留められているしで、いまは無理かも知れないなと諦めかけたが……。

無論、救急隊員がほんの傍に居る訳で、ウサが彼に「駄目でしょうか？」と問いかけると、

「電話の掛けられる状態なのに駄目です、なんて権限はないのですが。出来れば付き添いのあなたが持って、患者さんに触れないような対処をしていただければ、現在の状況ではそれがベストかと……」

「解りました。じゃオグ、私が携帯を持っててあげるから、いい」

「悪いな、ありがとう」

ウサは奥さんにコールして相手が出たところで、スピーカー機能をオンしてからオグの耳元に翳した。

「ああニッキ、悪かったな心配かけて、身体大丈夫やから。それにウサとワタが来てくれてるから、ウン。オフクロ頼むな。今の様子やと暫くこっちにおらんとあかんかも。ウサ

とワタに何でも言うて。あいつら日頃俺がうんと面倒みてやってるから、こき使ってええから」

『馬鹿！　あなた何てこと言ってるの』

『雨の中、あなたの声が聞こえて、水の流れる響きまでも。空耳かも知れないけれど、胸騒ぎがするってだけで福井の山ん中へ駆けつけるなんて身内でも出来ませんよ！』

『それにウサさんは女性ですよ。私にどう思われようと関係なく、あなたを心配して行動して下さったんですよ』

『お二人共自分たちの都合もあったはずなのにそっちへ行って下さったんです。これ解りますね！』

ウサは笑っていた。聞くつもりはなくても当然周囲にも会話が聞こえる訳で、携帯の向こうからオグが叱られているのである。

その後オグは、

「ウンウン、ああ、ハイ、解りました」と、そこで通話を切った。

「バカだね、つまらないこと言ったから奥さん怒ったんでしょう。彼女結構かしこい人だよ、解ってんでしょう」

「まいったなあ、ジョークのタイミングを間違えたみたいや」

「オグ。言っとくけどあなたのそのタイミングってやつ、いつも間違ってばっかしだよ」

横に居る隊長が「クスッ」と小さく笑ったのが耳に届いた。


十分程で県立病院に着く。

救急車が停止したと同時に二人の隊員は素早く後ろに廻ってリアの観音扉を開けオグを乗せたストレッチャーを引き出した。

ほぼ同時にカチャカチャと金属がこすれる乾いた音が聞こえてきて院内から大きなキャスターの付いた救急用ベッドが転がり出てきた。

オグが包まれているシーツごと四人でベッドに移し、救急隊員が手品のようにそのシーツを手際よく抜き取った。さすがうまいもんだ。

「お世話掛けました」と、オグが救急隊員にお礼の言葉を掛けるのと同時に、彼の身体を柔らかく気遣いながら誰かが抱き締めてきた。

一瞬何事かと驚いたが、ワタだった。

「オグさん大丈夫っすか？」

涙声だった。

「悪かった、心配かけたな、申し訳ない。岩から落ちたんや、ほんま、今日はまずかった、すまん」

オグの顔を見たとたん一気に来たようだ。

今度はオグの手を強く握りながらワタの目から涙がポロポロ落ちた。それを見てオグも泪目になってしまい、救急の入り口で男二人が手を握り合って泣いている。

「男って恰好悪いよね」なんて二人のやり取りを繕う気持ちで、敢えて突っ込みを入れたウサだが、

「ワタ、オグは治療しなきゃいけないから、ネ、直ぐにまた話は出来るから、命は大丈夫だからね、解る……」

二人は看護師が押してゆくベッドから少し離れてついていった。

年嵩の看護師がオグに、「いいお友達がいて羨ましいですね」と言ってくれ、彼は「ありがとう」と返した。

ベッドは忽ち(たちま)ICUに吸い込まれ、ドアが無機質な音を響かせ二人を遮った。

オグがＩＣＵに消えた直後、

「おそれいります。私この病院で外科を診ている青卯と申します。確か今入られた患者さんの身内の方で京都から来られたんですよね」と、問うようにウサとワタは声を掛けられた。二人が怪訝な顔を向けながら、

「ええっ、そうですけれど……」と返すと、その先生は、

「いきなりで少し変に思われるかも知れませんが患者さんの傷の症状以外のことでお聞きしたいことがありまして、お時間は取らせませんから」と話しながら応接室らしい高級そうな調度品を設えた部屋に案内された。


長髪で背が高く、神経質そうな鼻筋から若干の威圧感も伝わり、白衣を着ていないので大学教授のような雰囲気もある。

魔法瓶からお茶を入れている先生を見ながらワタがウサに向かって、

「眼鏡も掛けてるし和製ジョン・レノンって感じですね」と呟いた。

青卯先生がお盆にお茶碗を二つ載せ振り返り、座っている二人の方へ近づきながら、

「救急隊員の方から聞いたのですが、あなた方は消防署から小田さんの家族の方へ連絡す

る前に現場にお着きになったそうですね」と、にこやかに笑いながら話を切り出したが、念を押すような問いかけにも聞こえた。

ＩＣＵの前で話し掛けられたとき二人は、相手の容姿を見てむつかしそうで苦手な部類の人間だなと思ったが、外科の先生ということでもありオグが世話になるかも知れないので、まあ無難に相手しておこうかという感じだった。が、今笑顔でお茶を勧める先生は先程とは正反対の印象でウサとワタは目を合わせてニッと笑顔を交わした。

それは、外見や少ない情報だけで人物を判断するのは良くないよとの反省の笑みである。

先生は二人に対峙して座り、改まった眼差しに変わって話を続けた。

「小田さんの遭難をどこで、どのような形で知ったのですか？　本人から電話でもあったのですか？　そんなはずはないですよね？」

一通り話を聞き終わった後、

「わたし小田さんを診てきます。確認しておきたいことがありますので」

と言って青卯先生はＩＣＵへと向かった。

病室にて

「ところで、あなたがあの浅ヶ瀬の大岩から落ちた時の状況をもう一度私に話していただけませんか……。いや実は僕も渓流をやっていまして、あなたと同じフライです。地元なのであの辺り(あた)は庭みたいなものなのですが、気になることが少しあるんですよ」

主治医の宮下先生が出張のため、今日から私の受け持ちになった青卯という珍しい苗字の先生が朝一の診察を終えた後、いきなりこう切り出してきた。

見るからに学者風でボサボサ頭の長身、彫りが深く細い顎が人相としてひ弱に見えるがグッと構えたとき凹んだ眼底からの深く鋭い眼差しは、少々の無理難題には揺るぎのない信念と理論で武装しているようにみえる。

かといって通常の話し加減の中では威圧感など勿論なくて、むしろひょろっとした感じが頼りなさ気にも映る。

前述の風体にニッケルシルバー地のJ・Lモデルの眼鏡を掛けていて、一見ではジョン・

レノンを連想させるが顔自体はあまり似てはいない。それは身体が大きい割には小顔で幾分たれ目だからだろう。

実はこの先生のことはウサとワタからほんの少し聞いていていてどんな人かな？　との興味を持っていたのだが容姿はほぼ想像通りで、果たして人としても中々に魅力的でこっちの波長にピタリとくるように思えた。

小田はあの日、七月二日。救助された時から何度か繰り返した状況説明を同じように伝えた。

話し終えた後、先生から幾つかの質問と確認があった。

「雲谷の堰堤から入ったんですよね、このコースは何度も」

「はい」

「いつもと変わったことはありませんでしたか？」

「小さな堰堤を越えてからちゃんとした畑としては数えて三つ目で、左岸側の小さいけれど緑の濃い畑で上品な色白のおばあさんに出逢いました。ちゃんとした畑というのは家庭菜園のような小さいのは除いてです」

「この際畑の規模は無関係と思いますが……。で、そのおばあさんが消防署まで行ってあなたのことを通報してくれた、ということですね」

「私はそのおばあさんにそれ以後逢ってはいませんが、隊員の方のお話ではそうとしか思えないんです」

「もう一つ、大岩から落下した時、誰かが叫んだとか?」

「はっきりとした記憶ではないんですが、女性の声で『危ない!』と聞こえて首をすくめたと思うんです」

「その、首をすくめたことがあなたにとって命拾いになったと私は思うんですが……」

「と、言いますと」

「あなたも私もあの淵のことは熟知している。しかし春先の大量の雪解け水で、本来落ち込みの脇にあった大岩が、ほぼ中央まで押し出されていたのをあなたは知らなかった。それに通常ならあの淵を釣ってから渓を上がるのに、友達との飲み会があって、あの淵の状況を何も見ずに、いきなり右岸側の岩に取り付いて道に上がろうとしたんですよね。まさかあの位置に沈み石が有るとは思ってもいないから、落ちるときも下流へ跳んだといいましたね。あなたの思いの中では、そのままズルズルと落ちると擦り傷を負う、跳んで淵の中央だったら濡れるだけ、との咄嗟の考えだったのですね」

「ええ、正にそうです。身体が水以外の何かにぶつかるなんて思ってもなかったですから」

「それと話を聞いてると、小田さんが岩から離れた時じゃなくて、水面に当たる瞬間にその『危ない！』って声が発せられたんじゃないでしょうか？」

「そう言われてみればタイミング的にはそうかも知れません」

「状況を普通に分析すると、アクシデントが発生するのを解っていて例のおばあさんがあなたの後を、もしくは畑の方から先回りしていて、結果として今回の状況に至ったんじゃないか……、としか思えないんですがね」

「退院したら一度捜してみますよ、あのおばあさんを」

「私の考えで推測しますと、それは無理な話かも知れません」

「と、言いますと」

「現実に存在する人間としての人じゃないかもしれません。神様とか、森の精霊とか、小田さんが持っている守護霊かも……。それに仲良くなさっている、あの日京都から車を飛ばして駆けつけたお二人からも話を伺いました。

ビルの十階の窓の外から、かなりの雨が降る中で、あなたの声が、しかも、雨じゃなく水の流れるような音までお二人同時に聞こえたという。単なる偶然と済まされない偶然、少し言い方がややこしいですかね？」

「いいえよく解かります」

「信じるとか、信じないとかの問題じゃなくて、人智の及ばないところからの救済だと理解すると私自身はとても素直に結論を導き出せるのです」

ここで青卯先生が腕時計をちらっと見て、開き直ったように姿勢を正して……、

「そんなに長い話じゃありませんので、この地域で昔から伝わっている話を聞いていただけますか、但し舞台となる粟柄村の庄屋の家に残されていた家系図や古文書類が離村の際の混乱で行方不明になってしまい、話の信憑性を肯定するための書面類が一切なくて申し訳ないのですが、私的には事実だと思っています」

「それって先生あの、六月の初旬でしたか京都新聞に載っていました江戸時代のお雛様が京都で発見されたとの内容の記事と関係があるんですか。もっともこちらの新聞には掲載されていないかもしれませんが？」

小田はどうってことのない、ただ古いお雛様が発見されたというだけの記事が最近こと

ある度に頭に浮かんできて、何でこんなに気になるんだろうと訝しく思っていたので〝粟柄村〟と聞いて反射的にこのような質問の言葉が口から衝いて出たのだ。

「あれ、読みましたか。こちらの新聞にも小さく載りましたよ」

「ただのお雛様だったら記憶には残ってないのですけれど、今先生が言われた〝粟柄村の庄屋の家に代々伝わってきた物〟と活字にはありましたので覚えているんです。何せシーズンになれば毎週通っている所の地名ですから」

「お察しの通りです。正にあの雛人形にまつわる話です」

タイムマシーン

家康が天下を統一し、ようやく世の中が落ち着いてきた江戸時代初期、元和五年。落ち武者や山賊がまだちらほら世間を騒がせているここは若狭の国、三方郡、粟柄村である。

ここの庄屋の屋号を〝多三衛門(たそうえもん)〟という。

そこに、それはそれは可愛く美しい十五歳になる〝扇(せん)〟という娘がいて、近隣の村里では美人と言えば〝多三衛門の娘のような〟と形容される位だった。

けれどその娘がこの秋に流行病(はやりやまい)であっけなく逝ってしまった。

親父殿は哀しみと寂しさを何とか紛らわせられないかと都の人形師〝朱甫(しゅほ)〟に娘の顔と生き写しのお雛様を造らせた。見事な出来栄えだったが、皮肉にもこれがその人形師の遺作となってしまった。

作品が魂のすみかになるようにと情熱を傾けて創り上げたこの作者ゆえであろうか、この優しいお顔をした雛人形をじっと見つめていると誰もが親近感のあるささやかな命の宿りを感じて穏やかな気持ちになったという。

そんな、見た通りの優しい心根を持った雛人形が、死んだ娘の兄である弥彦という青年に恋をしてしまった。そして神の世界に生きるお雛様は、その青年が夏至から十一日目の夜、即ち〝半夏生〟の日に矢に当たって死ぬ運命にあることを知ってしまったのだ。

お雛様は神にお願いして、その日に限ってだけ人間界に降りられるよう計らってもらい、命を懸けて弥彦を守ろうと決心した。

その日、具合の悪い親父殿の名代で、弥彦と下男の喜助が和田村にて行われた三方郡の庄屋会に出席した。

会を終えて他の庄屋たちの多くは駕籠で自分の庄に帰るか、この夜は和田村の旅籠に泊まって翌朝ここを出るのだが、けっして裕福ではない山奥の寒村の庄屋では贅沢を許されない。

歩いて帰るということで夕食を辞退して、にぎり飯をかじりながら夕焼けの耳川沿いの道を上流方向にある栗柄村へと二人は急いだ。

集会場を出たのが暮六つ（今の午後六時）少し前で、男の足でも五つ半（今の午後九時）は過ぎるだろう。

耳川の下流域から順に中寺、安江、寄戸そして新庄に差し掛かった時にはもう辺りはすっかり暗くなり、月明かりもなかったので既に提灯に灯りを入れていた。二人とも山育ちで足には自信があったので次の村、浅ヶ瀬に入っても歩く速さは衰えもしないし、バカ話をしながらの余裕もあった。

下男と言っても喜助と弥彦は同い年で小さな頃から一緒に育ち、物心付いてからもお互いの立場は理解した上で、二人っきりの時の会話は本当の兄弟のように気のおけないやり取りであった。

二人が帰る粟柄の手前の村、松屋の灯りが見えた時、先程門前を通過した寄戸の玉伝寺から五つ半の鐘の音が遠くに聞こえた。

もう直ぐだとの思いで、ホッとして立ち止まると身体中から汗が吹き出してきて、バカ話をしながらとはいえ二人とも随分緊張して歩いてきたのを改めて意識した。

世の中がようやく落ち着いてきたといっても新しい時代に入ったばかりで野盗、山賊、落ち武者などの出没が国境（くにざかい）、村境（むらざかい）では未だ未だあるので、やはりどこから襲って来るかも知れないというのは不気味で怖いものである。

水を飲み、谷水で手拭（てぬぐい）を絞り汗を拭いて直ぐに出発だ。

歩き出そうとした時、ホワリ、プワリと小さな灯りが弥彦に近づいてきて肩口に止まった。

「おーぉ、蛍か。喜助！　これ」

弥彦は喜助に向かって肩の蛍を指さした。

「あれえ珍しい、蛍が人に止まるなんてのは。随分疲れとんのかね」

それに蛍の時期は過ぎていて、この辺ではこの様なのを〝残り蛍〟と呼び縁起が良いとされている。

こんな小さな虫でも同行してくれることがとても嬉しかった。

「一緒に粟柄までゆくか」

弥彦は肩の蛍を気遣いながら歩いた。

松屋を過ぎあと少しで村に着くという所に差し掛かった。いつの間にか月が出ていて先程までの暗闇とは違い、山全体が仄かに明るくなっている。

もう直ぐで着くと思って二人共に急ぎ足になってきた時だった。

歩く二人が右側に流れを見て、その対岸から二人のどちらかを狙う弓がしぼられた。山賊である。

弦がブンッと鳴る音を弥彦も感じハッとしたが矢は正確だった。提灯を持った喜助ではなく月明かりに照らされた弥彦の側頭部に一直線だった。

頭を貫くかと思われたが、矢の前に右肩の蛍がパッと飛び上がり、雛人形に変身した刹那その胸に矢がズブリと刺さり弥彦の顔をかすめて足元に落ちた。

「扇!」

弥彦はこの雛人形を妹の生まれ変わりとして大切に想っていたのだ。

自分が助けられたことより〝扇〟に矢を射られたという怒りが一気にかけ上がった。

二の矢が放たれる前に弥彦は足元の石を片っ端から無我夢中で、矢を放った奴らの気配を月明かりで感じながら狭い川幅の対岸へ激しく投げ付ける。

喜助は一瞬、逃げるのが当然だと考えたが弥彦が思わぬ反撃に出たのでそれに倣(なら)った。

二の矢が足元の石に当たってピンと跳ね上がった直後、対岸の賊に石が命中したようで「あうっ」という声がした。

河原続きの道端には石は幾らでもある。

二人でいったい何個投げたか、向こうはおそらく二人だろう。明らかに背走を始めたのが感じられて対岸の岸際の草木の間に人の動きが解る。

ここぞとばかりに尚、石を投げ続けると向こうから何やらどなっている。投げるのを止めると彼らは下流側へ走り出した。

二人ほぼ同時に、持っている石を投げようとしたが顔を見合わせながらそれを止めた。

喜助が、

「驚いたよ、逃げよう思うたらいきなり石を投げ出してよ、けど良かったの」

「ああ、けど儂自身が儂のことを一番驚いとる。扇に矢が刺さった途端、頭に血が逆流したというか、もう夢中やったんよ」

「しかしさっきのは？　確かに蛍が飛んでそれがお前の顔のところで扇になって矢を受けた。それがなければ間違いなく頭に矢が当たっとったぞ！」

「不思議が起こったけれど、何故か奇跡とは思えん。この扇の人形との繋がりを強く感じるんよ。こっちの想いは当然だがこの扇も儂のことを想うてくれていたからこのような出来事が起こったのではなかろうかと……」

深く突き刺さった矢を抜いてから〝扇〟を愛おしく胸に押さえ、やわらかく、深く、腕一ぱいで抱きしめて弥彦がかけた、「助けてくれてありがとう」の言葉に、真っ白なお雛様の頬が薄紅にポッと染まったのを横にいた喜助の目にははっきりと見えた。

そんなこんなで、二人が家に帰り着くと庄屋の家では〝扇の雛人形〟が居なくなったと大騒ぎになっていて、二人が帰ってきたのは二の次だった。

この出来事は瞬く間にこの辺(あた)りに知れ渡った。

そのためお雛様を是非、一目観たいという人々の訪問が後を絶たずで、けれど訪れる人数が少ないとそれなりに対応出来るが、やはり増えてくると断らなくてはならない。

そこで親父殿は、南向きの門から中庭へほんの少し入った東側に、小さな祠を、その反対側に東屋を造った。そして毎月、一日と二十日の二日だけ、お雛様を祠に祀り、親父殿が東屋で来訪者の相手をした。

この二日は『身代わり雛参り』とごく自然にそう名付けられ、時には朝から夕方迄、引っ切りなしで人が絶えない日もあった。

無論親父殿は扇のお雛様を観ていただいて喜んでもらえばそれで良かったのだが、何やらご利益が有るらしく、いつの間にか訪れる人々が供物と称して自分たちで作った野菜、米、時にはお金まで置いて行く人が出てきて、近頃ではお礼参りですといって大金を差し出されることまで起きてきた。

やがてこのことが若狭藩主にも伝わるところとなって藩の寺社奉行直轄で〔身代わり雛神社〕と命名し庄屋の屋敷の真向かいに藩費を使って大きな社が建立され、多三衛門が宮司(ぐうじ)に、賽銭や建物管理に当たる社人(しゃにん)を喜助が引き受けた。

弥彦はこの出来事を機に、自身前々から興味を持っていた人形作りを本格的に修業する決心をした。家督は弟にまかせ、京に出て扇のお雛様を作った人形師の門下に入って瞬く間に頭角をあらわし、故人の名「朱甫」を継いで卓越した技術を継承しながら長きに亘り代々続いた。

喜助の家も代々〔身代わり雛神社〕の社人職を守り続け、明治から〝並木〟姓を名乗り大正初期まで神社の管理を続けたが山奥ゆえの過疎化が進み、この頃にはもう参る人もなく並木家は山裾の浅ヶ瀬村に移り山葵田(わさびだ)を営み、多三衛門家が京都へ住まいを移して直ぐ、大正の末を待つことなく住宅も神社も畳まれ廃村となる。

「一応これで話の句切りです。そうそう余談ですが、喜助の一人息子は長兄だけれどこの名は継がずに戸籍の〝三方〟という姓で現在京都に在住だそうです。不幸なことに京都に移る前年に二人の子供を相次いで病気で亡くし、両親の悲しみは無論ですが、この時未だ元気だった祖父である喜助の心中を想うと孫を亡くした彼の悲しみと落胆は余り有ると想像できます。証拠書類がないので辛いところですが、これを単なるお話とするのか、史実に沿って脚色されたものなのか、それとも事実として扱うか、人それぞれで考えが違ってもくるでしょう。が、小田さんも含めてこの〝半夏生〟の日に、私が調べた範囲で平成に入ってから三人の釣り人が九死に一生を得ているのです。一人は寄戸の橋の上で風に帽子を飛ばされ、それを取ろうと咄嗟に手を出した弾みで川に飛び込むように落下。ご本人も瞬間に大怪我か死かと覚悟したけれど、石だらけ、岩だらけの浅瀬に落ちたはずなのに、結果はプールに落ちた感じで濡れただけ、かすり傷一つなかったのです。もう一人は、前日から降り続いた雨が止んだ後、かなりの増水の中で釣りをしていて砂地で足を掬われ流され、浅ヶ瀬の部落の中を浮きつ沈みつしながら、あの正に小田さんが落ちたあの岩の岸側の少し低くなった所へ、野球ですべり込むような体勢で水と一緒にチョコンと乗っかって助かった。三人目はあなたです小田さん。そして重要な共通点がもう一つ。三人共にその日事故に遭う前に色白の上品なおばあさんと挨拶を交わしているのです。但し、お仲間の和田さん上垣さんにはこの共通点はありませんが三人の繋がりということで理解すれば納得がゆきます」

小田はこの話を聞いていて、事故とは無関係で特に話をする必要はないと考えていたことが、何だか無関係とは思えなくなり、先生が部屋を出ていく直前に遠慮がちにこう付け加えた。

「先生の話を聞きながら私の記憶の中で瞬く間に膨らんできたことがあるんですが……」

「なんですか？」

「あの助けられた数分前、水に倒れている私のベストのポケットに蛍がとまりました。雨が強くなって、私の身体が流されかけた時その蛍を岩陰に移して直ぐ、流されました」

「ええっ！」

「流された直後、その蛍が飛び立つのも見ました」

話し終え、部屋を出ようと廊下の方に身体が半分出ていた青卯先生が、ベッドの方に振り返り一瞬立ち尽くした。


小田はいま久方ぶりに愛車のハンドルを握っている。やっと退院出来た。

実は怪我は思っていたより深かったのだ。

事故当日、ＩＣＵに入って直ぐＣＴをとって頭骨と内出血を重点的にみて特に問題なしと出たのだが、診察した当直医の他に青卯先生も偶々立ち会っていて、彼がどうしても気になるということで、もう一回ＣＴを撮って確認すると、頭骨にほんの小さな亀裂が硬膜寸前まで入っていたという。

先生曰く「硬いものに、かするようにぶつかると骨の表面の傷は見た目と触診で解るが、表面から少し入ったところから内部方向への亀裂が発生することがあるので、私は今回のように強打したのが解っている場合は、ＣＴを二回撮るようにしているのです」ということだった。

結果、五日間安静にしてその小さな亀裂が回復傾向にあることを診てから通常入院に切り替えるという状況だったのだ。

幸いなことにその小さな亀裂も外傷も一途に回復に向かい、本人とすれば結構に長かった十二日間の入院の末どうにか良となり、今日退院し現在京都に向かって車を走らせている。

女房は迎えにくると言ったが、ウォーキングのリハビリはしっかりしていたし、後遺症がある訳でもなく、また私の中では端っから京都へは車で一人で帰るつもりだったので、車は病院の駐車場においてもらっていた。

けっこう長い入院のあとなので、回復してきたとはいえ百キロ以上の距離を未だ完治していない怪我人が一人で運転して帰るなんてことも含めて、その他医療面で多少の問題もあったが、我が儘を通してしまった。

女房殿、申し訳ない。

今回、救急隊の方、病院の先生や看護師の方、そしてウサとワタ。たくさんの人たちのお陰で何とかこの世に残れたようだが、それだけではなく目には見えない不思議、奇跡、紙一重があったようだ。

そして今、運転しながらついさっきの病院の玄関で強い握手を交わしながらの青卯先生の言葉を反芻している。

「真実を追究する必要はなにもない。起きたことが事実なんだ。人は何事に於いても難しく考え過ぎるんです」

確かに、その通りだ。

ボクサーエンジンは心地よく吹き上がり、背中がシートに密着する。車の少ない国道303号のワインディングを、ほとんどノーブレーキで走り抜ける。

遠くに琵琶湖の湖面が望める峠からの下り坂に差し掛かった。この景色も久しぶりである。

ああ明日は日曜日だな、たまにはルアーで湖のバスをやろう。なんて帰宅早々こんなことを言ったら女房の奴間違いなく切れるだろう。夜はウサとワタにエースカフェで逢うことになっているので久しぶりにうまい酒が飲める。

しかし、青卯先生から、そして女房からも、「暫くは決して深酒はしないように」と念を押されている。

無論私はそのアドバイスを厳守する。

滋賀県から京都に入って八瀬の辺り、高野川に沿ってハンドルを切りながらチラチラと水面や岸際の石組みを見ていてフッと思いだした。

崖下、流れの中央の水中から突き出ていた私のロッドのことである。

やらかしてしまったあの時、私とすればなすすべもなく釣具どころではなかったのだし、入院して明くる日の夜改めて思いだして、雨でそれなりに増水していたので流されていったのだろうとロッドのことは諦めていたのだ。

それがだ、入院して四日目の午前、定時検診のあと、「小田さんテレビの後ろに立て掛けてある釣竿、片付けて下さいね」と言われ、「釣竿？　あ……はい」と、訝しく思いながら生返事をした。

テレビは病室の隅で、仰向けの私にとって右上側に在って未だ一度もスイッチを入れたことがないし、寝ている限りに於いては見えない位置にある。

看護師が出ていって直ぐ立ちあがって見ると言葉通りにロッドがテレビの後ろに有った。手に取ると確かに私のロッドだ。群馬県の小さな工房まで五時間ばかり車を飛ばして手に入れた7フィート3インチの真竹製ロッドである。

どう記憶をたどっても間違いなく昨日の夜にはなかった。もし誰かが置いたとすればこの朝までの眠っている時間帯である。細かくいえばトイレにも立ったし朝ごはんの食器を返しに部屋も出たが、果たして何時、誰が置いたのか。

もちろん看護師の何人か、配膳係や清掃のオバサマたちにも聞いたが何も解らなくて、私が釣りの最中に崖から落ちたのは皆さん御承知なので部屋に釣竿が有っても特に違和感はなかっただろう。

念のため消防署の方にも、助けていただいた幸田（こうだ）という運転士に電話で聞けたが「当日釣竿なんてなかったですよ」との返答だった。

青卯先生にもちらりとこのことを伝えたのだが先生の答えは予想通り、

「あの小さな畑のオバアサンでしょう」と仰しゃった。

犯人の解らない推理小説のようで決してすっきりとしなかった私ではあったが、ただこのことは憂うべき事象ではなく、使いこなし手に馴染んだ道具が手元に戻ったのだ。この一点を喜ぶべきではあろうと割り切る以外にないことは明白である。

どなたかは不明だが一言「ありがとう」。

*

自宅を出て国道24号に入り北進する。暫く走ると鴨川を渡るので同川の右岸側、自転車OKの遊歩道に降り上流方向に走る。塩小路橋をくぐって直ぐUターンするように急なスロープを登り、一般道に出て橋を渡る。なぜ橋を渡るのか、それは遊歩道が次の七条大橋の袂で途切れるからで、しかもその大橋から一般道に上がるには急な階段しかないからだ。

前述の文章『遊歩道が次の七条大橋の袂で途切れるから』に直結する、鴨川に於ける小さな不思議の説明を一点だけここに、また市内全体にパワースポットが無数に拡散している古の土地柄なので他に大きな不思議があるやもだが、取りあえずこのことだけは知っておいてほしい。

市街地での最北の大通りが北山通りで南は塩小路通りとなり、この間約七キロある。南北に京都市内を穏やかに流れ下る鴨川の東西両岸には当然の形で遊歩道が敷かれているのだが、たった一か所、かなり南に位置する七条から五条の〇・八キロ程の間のみ西岸に歩道がないのだ。

このことは京都人として「なんで?」である。一応風光明媚と形容されている鴨川、それも街中の川岸に歩道がないのだ。人が普通に歩けないのだ。

これは不思議といって憚(はばか)らないだろう。


東側の遊歩道に移動し北へ上流方向へと向かう。

二条大橋をくぐってから川端通りへ上がり同通りの西側の歩道を今出川通りまで行き同通りを左折する。

西進し、河原町そして寺町通りを越えると御所の森を左に見て走ることになる。御所の周りの歩道は観光客や学生が多いのでお互いの安全のためママチャリ以外の自転車は、無論小田もだが車道を走る。御所の周りだからか自動車も概ね安全走行を心掛けているように思える。

南北に長い長方形になっている御所の敷地。北面から西面をなめ、丸太町で左折し同所南面を通過し、なお東進すると鴨川にぶつかるので同川の左岸を南下し二条大橋からは来た道をまったく逆にたどり家に戻る約二十二キロ、これが小田のマウンテンバイクでのトレーニングコースである。

但し、これにプラスして帰路の鴨川の堤防での草地やコンクリートブロックの斜面の登り降りを一時間ばかり繰り返してからの帰宅となるので、時間的には大抵二時間を少し超えることになる。

休日、所用のない限り前述のコースを走るし、会社員でもあるので通勤の行き帰り、遠回りでの約二十キロも当然汗が出るまでペダルを踏み込んでいる。

クライマーズハイ、ランナーズハイと同じで自身が軽度のバイシクルハイにあることを小田は多少自覚しているようである。


淡いピンクに微かにグレーが霞む山桜の花びらが夜明け直後からの強い海風に翻弄され派手に舞い上がる。見上げると曇り空、釣り人は川へ降りる石組みの階段に座ってウトウトしながら風が止むのを待っていた。

予報では晴れるはずである。小一時間経ったろうか急にサアッと光が射した。雲が切れてきてどうやら風も弱まったようだ。

はらはらと散る花弁(はなびら)が風に運ばれ川上の方へ舞いながら次々と水面に落ちて流れて下っ

て、釣り人の目前で清冽な水に同化しながらその全てが海に向かう。

振り返ると上空の強い風にのって去ってゆく雨雲の隙間を縫って、陽の光が手品師の繰り出す花やコインや白いハトのように現れては消え、消えては現れ次々と砕ける。

厚く残った一群の雲の、やがて消え去ることへの餞(はなむけ)だろうか、ナイフのような光の束が天空から落下するように、たちまち数十本の光芒として海に刺さったかと思ったらフッと忽ち消えた。正に光芒一閃である。

釣り人は静かに流れに佇み、神様の演出と信じて疑わない顛末(てんまつ)を観ながら、熱いものが込み上げてくるのを自覚した。

大地、朝露、立ち昇る朝霧、山川草木、花実、地衣茸、鳥獣虫魚、釣り人を囲む森羅万象全てから発散される優しいエネルギーが、手足の指先から髪の毛から全身の皮膚から網膜から、しみじみと深々と浸透してくる。

下ろし金で擦(こす)られたような精神の浅傷が忽(たちま)ちにして癒(いや)され復元してゆき、切ない位の心地よさに感謝しながら川上へと浅瀬の流れをゆっくりとたどる。

ほんの少しの追い風。いい風である。ついさっき太陽が雲に隠れた。

魚を釣るには良い条件、水面を注意深く観察しながら手に馴染んだ真竹製のロッド、三番、7・3フィートを軽快に振り始めた。

ライトイエローのラインを気持ち良く操り、お気に入りフライ、〝グリズリーバイビジブルSP・#16〟を、思った水面にほぼのせることが出来ている。しかしこのような時に限って魚は出ないものである。釣りとはそんなものなのだ。

以前友人とのキャンプで、そんなに強くもないのに飲めないのは格好悪いという乗りだけで深酒して、翌朝二日酔いでオエオエしながら目も虚ろで、もう帰ろうか等と考えながら、キャスティングなんて無茶苦茶でラインが水面を叩いてとんでもない所にフライが落ちて「ああっもう駄目」などと呟きながらピックアップすると、そのタイミングで岩魚が出てくれ、しかも三十センチを超える大物が掛かってしまったってことも経験している。

だから釣りとはそんなものなのである。

全てがうまくいっても魚が出ないと何の意味も持たないのは承知の想定内だが、あまりに出ないと、先行者がいた？　魚がいない？　今日お魚日曜？　なんて考え込んでしまう。

ここであっさりと釣りを切り上げるのも方法だが、そこで諦めないのも釣り人。頭の中のＣＰＵに組み込まれたフライフィッシング・タクティクスというソフトを駆使して、キャスト、距離、ラインの落とし所、フライの種類、大きさ、カラー、そして水面直下に、水中に、水底にと、状況に応じたアイデアを絡ませながら毛鉤を操作していくのだが、今日はお手上げだった。

とても小さいのが時折顔を見せるだけという状況が二時間近く続く。

そして集中力が切れかけた時、小さなフライに大物が頭を見せてモッコリ出た！

反射的にロッドを跳ね上げたがフライが魚の口からスポッと抜け、早合わせだった。

日頃から大物は「一、二の三で合わせろ」と遅合わせを自身に言い聞かせているのにこれだ。

釣りとはそんなものである。

但し精神は爽快であった。

こんな言い方は釣り人の言い訳に聞こえるだろうな。

二〇一一年春の午後。小田は今日、朝早くから耳川の下流部にあたる寄戸の辺りを釣ったがまったく魚が相手をしてくれないので「こんなことも偶（たま）にはあろうさ」と、早めに帰宅してトレーニングに出た。

昨年手に入れたお気に入りのマウンテンバイク、TRANCE X3に跨る。純白で軽量、FOXのダブルサスが地面からの突き上げを和らげてくれる。ロードレーサーもいいが道を選ぶので街中では不便である。

今日は少し気になっている所があったのでデジカメを持っていつものコースにのる。一か月ほど前、車で通りかかった烏丸三条を西に入った所で、「御釜師」という古い木の看板が目に付いたのだが、後ろの車にせっつかされ直ぐに通り過ぎたので今度はじっくり見たいと思っていたのだ。

『おかまし』

何ておもしろい響なのだろう。

但し、正式には『おんかまし』と読むらしいのだが自分にとってはどちらでも構わない。

御所を一周してからこっちに向かった。

午後一時を少し過ぎたところだがビジネス街の中心地でもあり結構な人出がある。目的の場所は中々見つからなかった。

正直、「御釜師」という文字が記憶ではもっと大きいと思っていたのだ。発見出来ず一度通過し、引き返してきて見つけ、やっと目にした文字は意外に小さかった。

とはいえ、古木に金文字であったろう看板は伝統、歴史、品格、文化、技術、自信などを積み重ね、確信した重厚さを物語っている。その看板と建物に向かって十数枚シャッターを切った。

東隣の家がリフォームしているのか建て替えているのか、キャンパス地の白い布で綺麗に囲ってある。

カメラをサイドポーチに仕舞い、ペダルに力を込めようとした時だった。背中に言いようのない何かを感じた。

振り返るとそれは、向かい側の雑踏の人々の肩口の間からの視線である。見えた顔は彫刻的で無表情な、しかしキリリとした瞳からは無視出来ない存在感を感じとれた。

フッと笑みを浮かべ、くるりと東へ向いてその女性は歩き出した。

離れてはいるが決してこそこそした振る舞いではなく『わたくしを観てっ！』という動きで、髪をアップにしそれを大きな柘植（つげ）のバレッタで止めていて静かな横顔を晒している。

小田はＭＴＢに跨がったまま片足を突いて呆然と見送る。

綺麗だ、眼が洗われるように素敵だ。どこかで逢ったか？　次の角、室町通りを左へ曲がるときチラッとこちらを見て、また微笑んで見えなくなった。

　間違いない、あれは知人としての眼差しだ。

　追おうとしたがこういう時に限って車が連なる、人が来る。五秒、十秒と苛つきながら待ち、速やかに通りを渡り素早く目標の角を曲がったものの、二百メートルを越えて後を追ったが掻き消えたように姿はなかった。

　小さな路地はあるが北に伸びている街中では比較的広い道路、御池通り迄は真直ぐの一本道で見通せる、どこに消えたのだろう。

　それにしてもあの女性は誰なんだ。何なんだ。この変な心残り感は今までに経験したことがない。

それぞれの出来事

オグからの薦めもあってワタは昨年の秋の終わり頃から本格的にフライフィッシング（以下Ｆ・Ｆという）を始めていた。

生来の運動神経の良さもあり、それに加えてこの釣り独特の理論への呑み込みも早くて普通のキャスティングを熟(こな)せるようになるまでにはそんなに時間は掛からなかった。早春の高野川でのカワムツへのお披露目も済み、彼の本格的渓流へのＦ・Ｆデビューは梅雨の晴れ間の耳川ということになった。但し確かめた天気予報の〝晴れ〟は、飽く迄も予報で信じ切ってはいけないが。

勿論ここは昨年オグが崖から落ちて大怪我をした川でワタもあの後、県立病院までだが一度見舞いのために訪れており、それ以前にも何度か秋の山歩きにオグと共に登山コースを歩いたりして、馴染みの地域でもある。だから、あの事故の夜も迷いなく現場に到着出来たのだ。

たまたま二人とも仕事の谷間となり金曜日に休暇がとれたので前日の夜となる現在（いま）、オグの家へワタが来て二人して毛鉤を巻いているところへウサから電話が入った。

「二人だけでずるいでしょ私も行く。明日暇なんだ」

「来てもええけど朝が早いぞ、俺らは寝えへんつもりやから！」

「レディーが参加するんだから、出発は遅くしてお願い。早く行ったからって釣れるとは限らないんでしょう」

「そらそうやけど、何時位やったらええんや？」

「朝六時！　それ以上早いのはだめ」

「ワタどうする、お前次第や」

「それはいいですけどウサさん何かあるんやないですか……、普段こんなに強引に一緒に行きたいなんて言うたことないですよ、ましてや都会派の女性にとって何にもない山ん中ですよ」

　オグはワタの方に受話器を向けていた。

「ウサ、いまワタの言うたこと聞こえてたか、どうなんや」

「ばれたかワタ最近勘がいいね。実は敦賀（つるが）の『魚市場』へ行きたいんだ。耳川から近いんでしょう。で、あなたたちが釣りをしている間、私だけが車でチョコッと行って〝蟹〟と〝烏賊の一夜干し〟を、これ大好きなんだ。蟹はお母さん用ね、あなたたちにもお土産買ってくるからどう私の考え？」

「どうって、ワタどうする？」

ワタは指でＯＫのサインを出した。

「仕方ない、けど出発は明け方五時半、これは譲れへん」

「ＯＫじゃあ決まりね。その時間に家の玄関で待ってるから」

「しもた。ウサ最初からそのつもりやったな、やられた！」

ウサが電話の向こうでクスッと笑ったのが聞こえた。


今、朝の八時を少し過ぎたところ。

つい今し方、耳川上流の放流釣り場の対岸にある松屋という村からオグとワタは渓に降りてゆっくりと釣り上がっていった。

ウサがフルオープンの窓から本格渓流初めてのワタに、

「グッドラック！」と言うと、

「ウサさんも運転気を付けてくださいネ」と返ってきた。ウサは、

『ありがとう』と唇だけでつぶやき、静かにアクセルをふかして森陰のカーブからカーブへとステアリングを切っていった。

ついさっき二人の釣り支度を待っているとオグから、

「朝早かったから無理すんな、眠たなったら大き目のパーキングスペースに入ってチョットでもええから寝えよ、間違うても路肩に寄せて止めたりすんな、大型トラックに追突されたらイチコロやから」

「ハイ、わかりましたよ……」

「それと一応約束の時間は三時やけど少々遅なってもええから、特に帰りは眠なるかもしれんし。ここは携帯繋がらへんけど待ち合わせの浅ヶ瀬辺りは電波は大丈夫やから」

「オグ、あなたお父さんみたいね、でも有り難う。言われた通りにします」

「いや、俺。説教してるつもりはないんやで」

「解ってるって無理はしないよ」

初夏とはいえ山間部特有の肌寒い位の朝。ウサは川風森風を頬に受けながらワタとオグからの気遣いの言葉が嬉しかった。

かなり以前に父親のクラウンを運転した覚えはあるが、それ以後は軽自動車しか運転したことがないので自分では少し心配だった。オグが少しは慣れておいた方が良いだろうと気遣ってくれ、湖西の風車村のところからここまでずっとウサが運転して来た。

けれど、改めて思ったが性能の良い自動車ってのは結構気持ちいい。

何か特別な部品を使ってあるらしく、〝ブレンボ〟とか〝ビルシュタイン〟とか言われても何のことだかさっぱり解らない専門用語だけれど、多少のカーブではブレーキの必要がない、それが良い、それが楽しい。

農道の小さな峠を登り切ったところで、曇り空を抱く若狭湾が意外に近い距離に見えたので少し驚いた。

一人でこれから三十キロほど運転するけれどオグには念を押されている。飛ばし過ぎにはくれぐれも気を付けてっと。事故は当たり前だけどやっぱりネズミ捕りも覆面パトカーもイヤ。

昔付き合ってた車好きの彼がドライブの時「このエンジンの音がたまんないんだよナ」なんてよく言っていたが、いま、チョッピリだけど解ったような感じ。

時間はあるんだから急ぐ必要はないんだけれど、向こうに着いて取りあえずコーヒーが一杯ほしい。開いてるお店が見つかるかな……。

オグとワタは深い谷を釣り上がり最初の堰堤に差し掛かっていたがその足どりは軽かった。

オグは何とかワタに釣らせようと結構力が入っていた。

ここに来る十分程前に何とか良い型の岩魚がワタの毛鉤に出てくれて、二人は子供のように嬉々として、今日はカメラマンに徹するつもりだったオグは、掛けたところからランディングまでシャッターを切り捲った。

キャスティングを何日も練習して、自分で巻いた毛鉤を目当ての岩魚が食べてくれたのである。ワタの喜び、感動、結実感、達成感がどれ程の物であるかオグは十分に理解しているつもりだ。軽い握手を交わして今日が成ったことを二人で噛みしめる。

堰堤を越え上流に上がろうと、左岸側の水が流れてない魚道を登っている最中だった。

石堤（いしづつみ）の対岸下の水深五センチにも満たない砂礫の浅瀬に何かが落ちているのを見つけた。

「ワタ、ここに居て、見てくる」と言ってオグは河床に戻って対岸まで歩いた。

「ワタ、来てくれっ」

ワタは既に流れの中程まで戻ってきていた。

オグの足元には御影石のお地蔵様が二体倒れている。

少し流れの中央寄りに移動し、三メートルばかりある石組みの岸を見上げるとお地蔵様が三体並んでいて明らかにこちらから向かって左横、下流側に二体存在したような痕跡が見え、土、砂利、小石が散乱しているようだ。

先程の魚道を登り杣道に上がってその痕跡の所を確認すると、お地蔵様の落ちた理由が直ぐに解った。おそらく鹿の仕業に違いないだろう。

岸際に人が通れるしっかりした道があり、その森側の傾斜地に元々五体並んでいたようで、落ちた地蔵の下流側二メートル程の位置に獣道が在ったのだが、雪の重さで倒れた雑木が重なったためそれを塞いでしまい、止むを得ずコースを変えた所為で地蔵を蹴散（けち）らしてしまったようだ。

鹿と言い切ったのは、この場所から獣らしき踏み跡を下流側へたどると十五メートル程下ったところの斜面まで続いており、その真下の岸際の草地から砂泥の河床にかけて鹿の糞と足跡が無数に在ったからだ。

オグ、ワタ共に特別な信仰心がある訳ではないが、目の前の河床に崖の上から落ちた石の仏様があるのを見たからには放って置くことは出来ない。

二人は身に付けている釣りのための道具類を草地に置いて身軽になり、大方の段取りを付けてから作業を開始した。

取りあえず獣道を塞いでいる雑木を二人で引き千切るようにして取り除き、通り易いよう整備する。折れ曲がった若木に細い蔓（つる）が随分に絡み合っていて、それを切るのに二本のポケットナイフがとても役に立った。オグは元々持っていてワタのは前夜オグからプレゼントされた物だ。

これで鹿が元の道を通ってくれればいいのだが。

次は地蔵を元の位置へ戻さなければならないので二人は再度川原に降りた。

それほど大きくはないがやはり御影石の塊（かたまり）なので結構に重い。足場の悪いところを二人して持ちながら魚道を登り、堰堤のコンクリートの上を往復して、二体の地蔵が戻って五地蔵が元の形に並んだ。

こうして並べると残っていた三体は苔むして随分歳月が経っているようだが、落ちていた二体はそれ程古くはない。それに自分たちでここまで運び置いたからかも知れないが。何か顔や姿に親近感を二人共に覚える。

結局作業は一時間半掛かってしまって、二人は何も語らず顔を見合わせハイタッチで締めた。

オグはワタを見直した。結構ハードな作業に拘らず、Tシャツからはみ出た太い上腕に肩口や脇から多量の汗が伝わり落ちて、顎からもそれを滴らせている状態の中で文句も言わず積極的に動いてくれた。さすがラガーマンだ。

ワタはオグに感心していた。何の躊躇もなく黙々と、それなりの歳だからかなりキツイはずなのに、そこまでしなくてもと思いながら手伝ったが全てが終わって理解できた。何だろうこの達成感や清々しさは『おっちゃん中々やるな』と言いたいところである。

口に出してお互いを褒め合った訳ではないが、第一普段シャイな男二人がそんなことを出来る訳もないのだが、気持ちの良い達成感は共通であろうこと位は口に出さずとも解り合えている。

川原で手を洗って汗を拭き釣り支度を整えてから、さあ行こうと魚道を半ばまで登った時だった。

上流の方から人が近付いてくるのに気付いた。速い。岩を蹴り、砂地に降り、跳ね上がるように倒木を飛び越し、たちまち二人が見上げる堰堤に立った。

オグとワタは軽く会釈をする。

釣り人ではない。猟銃を持ってはいないがマタギのような雰囲気。

我々が堰堤に上がり切るまで待っていてくれた。

背負った竹篭と腰の山刀が板に付いていて年季の入った鞘に〝並木〟とあった。かなりの年配である。飛ぶように下ってきたあの身のこなしに、もっと若者だと思ったので二人は一様に驚いた。

爺さんは「これを持って行きなさい」と言って、背中の竹篭から随分立派な葉付きの山葵を二本出し二人に勧めた。この上流にある山葵園の人かなとも思えたが、これ位太いとかなり高価なことでもあり何の縁もない方からおいそれといただく訳にはいかないので丁寧に断る。

それにこの山葵は上流の山葵園のじゃなくて野生の山葵じゃないかな、と思われた。養殖物と比べて明らかに緑が薄いし、以前ここの山葵園を見学した時見たのだが畑は白っぽい砂地で、そこでとれる山葵は目の前の物のように黒い砂土は付いていないはずである。この植物は生長が遅く野生でこれ位だと三年物じゃないかと考えられる。

爺さんはニコッと笑い山葵を竹篭に収めてから右岸側へ上がりお地蔵様の前に立って暫く静かに手を合わせてから、改まったようにこっちへ向き直って深く礼をした。

二人はその礼に恐縮したがこちらも礼で返す以外に応えようがない。妙なぎくしゃく感はあったがオグもワタも特に深くは考えなかった。

ヒョイと踵を返し杣道をたどって林道へ登り〝松屋〟の方へ下っていく爺さんを見送る。二人は、いまの爺さんの後を追うように林道を下った。谷底から吹き上がる風が汗に涼しい。

ウサとの約束の時間はまだまだなので、朝方渓に降りた松屋より一つ下手の浅ヶ瀬まで歩いて行き、そこから釣り上がるつもりである。一応だがウサはこの村を目標に帰ってくる。

実はこの朝ウサが、いの一番に向かったのは永厳寺という曹洞宗の寺で、座禅を学ぶためだった。

嘘をつくとか内緒にする、なんて必要もないのだけれど何か照れがあってオグとワタには言わなかった。

それに魚市場の開店は午前十時だし未だ閉まっている。べつに釣りをしている所へ早く帰ってもいいのだけれど約束した午後三時までなら時間があり余っている。

寺名(てらな)は〝ようごんじ〟と、初見では読むのが難しく、またここを知っている他府県の人も少ないが、敦賀では夙(つと)に名の知れた気比(けひ)神宮の、北東へ一キロほどの山中に在って〝若狭観音霊場第一番札所〟として訪れるお遍路さんにとってはメインの場所である。

常時、座禅修行を受け付けている訳ではないが申し込めば断られることはない。『来るものを拒まず』との仏様の教えであろう。

この寺へ二度ほど参禅した母から聞いていて、学生時代から禅への興味を多少持っていたウサが一度は訪れたいと以前から願っていた所だ。

曹洞宗では壁に向かって結跏趺坐(けっかふざ)を組み、集中を乱した時は背後から右肩を叩かれる。僧侶の場合左肩に袈裟が掛かっているからだと聞く。

希望時間を申告しなければ通常三十分間である。

禅堂でのウサは最後の方で警策(きょうさく)の引き締まる一撃をうけた。母から聞いていた通りで、これ迄の経験にない驚く程の強さで叩かれたが背骨に打痛が浸み込んでゆき皮膚の痛みは一瞬だけに終わった。叩き手が上手なのだ。

同所にてお布施を納め、本堂にお参りしてから寺を辞した。ここの御本尊は〝千手観音菩薩〟なのだが普段は見ることは出来ない。本堂に入ると正面に〝阿弥陀如来像〟が薄暗い中で銀白に鈍く光っていた。仏像には珍しい色である。門前からの去り際ごく自然に「南無阿弥陀仏」と呟く。

ウサは久し振りの生き返ったような心地良さを、母、オグとワタ、そしてお寺に感謝した。

良い時間つぶしになったなんて言うとお坊さんから喝を喰らうだろうが、実際丁度良い時間の塩梅である。

予定の魚市場で買い物と昼食にお寿司を食べて、その後時間を見ながら旧市街の観光コース、赤レンガ倉庫と敦賀市立博物館の二か所を廻ってから国道27号を小浜方面へと向かう。

まだ多少の時間があったのと、眠くなったのでお茶をするのに国道沿いの喫茶店に入った。これが良くなかった。クッションのほどよく効いた椅子は今朝かなり早く起きた我が身にとってまるで揺り籠のようで深い眠りに落ちてしまった。

これ迄、うとうととしながら長くても五、六分なら経験あるがこんなのは初めてである。起きて直ぐ見たお店の掛け時計も自分の腕時計も三時半を差していた。恥ずかしいがお店の掛け時計の針の位置を疑ったのだ。

いまさら慌てても仕方がない。支払いを済ませてゆっくりと車に乗った。

そんなに距離はないのでここから十五分位か。とはいえ気持ちが急いていたのには違いなかっただろう。国道27号から農道に取り付いて直ぐの出来事だった。


目を逸らした覚えはないのだが、横断歩道へと踏み出した二人の子供が降って湧いたように視線に入った。

思いっ切りブレーキを踏む、ＡＢＳが効いている感じで最後一メートルほどが砂の散ったアスファルトの上をロックしたまま滑った。

右にハンドルを切っていたので、左のドアが子供たちに当たる寸前で停止している。子供たちが歩道の方に戻ったので、車をバックさせて歩道に乗り上げてからウサは車外に出た。

二人共同じ幼稚園の制服で名札に〔並木リク〕と〔並木ヒナ〕とあった。

「大丈夫、ゴメンね。オバチャンよく見てなかったみたいね」と二人に頭を下げると、兄であろう〝りく〟君の方がウサのジーンズの右ポケットからはみ出ている携帯のストラップをジッと見ていた。子供たちの好きなパンのキャラクターである。

ウサが「これほしいの」と聞くと、兄の方は頷いた。ウサは三本付けてあるストラップの中の、その一本を取って「君にプレゼントします」と言って彼に渡した。

ウサは二人が横断歩道を渡り切るまで見ているつもりだったので歩き出すのを待ったが、妹であろう〝ひな〟ちゃんの方がウサの胸元をジーッと見つめている。

そこにはスパンコールで世界的なネズミのキャラクターが描いてあり、そこを摘んで、「これ、好きなの」と問うと彼女は兄と同じように頷いた。どうしようポロシャツをあげてもいいんだけど?

ウサは自分では都会派とは言ってるけれどアウトドアも好きで外で遊ぶ場合大抵ノーブラでトップにニップルを貼っているだけである。即ち道端で上半身裸にならなければならないのだ。

エエイッ、ママよって感じで、後部扉を開け、着替えに用意したお気に入りのTシャツを座席に拡げて、その場にしゃがみ込むやいなやCカップをゆらしながらポロを脱ぎ素早くTシャツに手を通した。神業的早さである。

ウサはスパンコールのキャラクターが上にくるようにたたみ〝ひな〟ちゃんに「ハイ、プレゼント」と言って渡した。彼女はニッと笑って兄と手を繋いで横断歩道を渡っていった。

なにこれ。パンキャラのストラップはまだしも、着ているポロシャツを道端で脱いでまで何であげたんだろう。自分でも狐に抓まれたような気分に、まあいいか……。けれど事故にならなくて良かったというのが本音にあったので少々のことはサービスしちゃうかなんて、そんな気持ちになっていたのかも知れない。

早くオグとワタに逢いたい。もう数分で着くだろう。

アクセルを優しくゆっくりと踏み込んだ。

オグとワタはウサと待ち合わせた所からのんびりと釣り上がっていた。ここなら道路から川原が見えるのでお互い発見し易いだろうし携帯もOKの場所である。

上流での釣りと同様、オグはガイドに徹しワタはクライアントのごとく、遠慮なく釣りに夢中だった。

フライを打ち込みながら、魚が出ないまま、この辺りでは一級のポイントに差し掛かった。

上流に向かって左側にデカイ花崗岩の塊がデンと居座り、それには明らかに人の手が加わっていてカットの跡、鑿（のみ）の跡が一面にのこっている。水面から高さ一メートルをかるく超えているだろう上部には多少の凹凸（おうとつ）はあるがそれなりに平坦で畳二枚分位の広さがあり、登るための足掛かりを階段のように彫ってある。

その大岩の右側が流芯となり全体には浅いが岩に沿って六十センチ位の幅が深くえぐれていて、正にここで出なければどこで出るんだという所。それにこのポイントが良いのは直ぐ下が落ち込みなので、そこから、しかも岩陰からキャスト出来る点で釣り人の姿と気配をほぼ消せるのだ。

次第に良くなってきているワタのキャスト、少しの向かい風、問題ない。

一投目は毛鉤が手前に落ちたが直ぐに修正、二投目。ラインがシュルッ、ティペットがホロッと解放されフライがフワリと水面にのった。

ほぼパーフェクトだ。二人は固唾（かたず）をのんだ。ピシッと水面が割れ、ワタは見事に合わせる。しかし魚は頭の上を飛び後方の水中に落ちた。

ティペットにぶら下がったアマゴのベイビーが二人の顔の間でぷるぷる震えている。ワタは魚をリリースしながら思わず吹き出した。オグもつられて大笑いである。

あの張り詰めた緊張感は何だったのだろう。気を取り直して再度フライをプレゼントしたが五投目、六投目と水面に何の変化も起こらなかった。

上流へ移動。オグが先に大岩の上に上がった。続いてワタが上がったが濡れた靴底が、まんの悪いことに岩の上に僅かに残っていた砂を踏んで滑った。

何とか膝を柔らかく使い上体を引き上げたが真っ直ぐ立つまでには至らず、上がるための勢いが若干ついていたので円弧を描きながら流れの方へ身体が引かれてもう落下体勢へ、オグが咄嗟に手を伸ばしワタのベストの胸元をしっかりと掴んだが引きずられるように投げ出され倒れてゆく、身長１８３センチ、体重97キロを１７２センチ、65キロには、やはり止められない。

オグがワタの上に乗っかり胸が向かい合う形で二人が落ちてゆく。

流れの中の岩の配置が破裂するように網膜に浮かんだオグが「手で頭カバーせぇ！」と叫んだ。

初老の親父と、大柄な青年がドッバーンと激しい水音と共に水面より深く沈んだ。

『エッエーッ！』と二人は胸の中で驚いた。思いが声にならないのだ。

『沈んだ、浅いはずやぞ⁉』

『石だらけ、岩だらけのはずやぞ⁉』

覚悟していた硬い物にぶつかる衝撃がないのだ。ＷＨＹ！

二人とも慌てて立ち上がる。

痛みはない。出血はない。足元は浅い。

「ワタ、大丈夫か」

「オグさんは」

二人はキョトンだった。

ゴロタ石の浅瀬に、しかも一メートル以上の高さから落下したのにである。それが怪我どころか掠り傷も打撲も身体中のどこにも何の痛みもなしで、何が起こったのだろうかと二人は思わず顔を見合わせていた。

その直後だ、二人は落ちた顚末(てんまつ)以上に驚いた。今し方居た岩の上に先程の山葵の爺さんがニコニコ笑って立っているのだ。

二人は「ウオッ！」と声を上げて固まってしまった。

爺さんが「大丈夫だったかい、怪我はなかったかい」と聞いた。

二人は怪訝（けげん）な思いで、

「ハ、ハイ大丈夫です」と返答の声が重なってしまった。

爺さんは、「よかった、よかった」と言ったが直ぐ、クルリと背中を見せ竹篭を背負ったまま垂直に近い石組みの護岸をヒョイヒョイと登って道路に上がり、ガードレールを跨いだ後ほんの数秒佇んでから振りかえって、

「まだ釣りを続けさるんかい」と聞いてきた。

「いいえ、こんなに濡れ鼠だし？　エエッ」

「オグさん」

「ワタッ」

二人共三十センチ位の深さの瀬に立っているのだが、ずぶ濡れになったはずの上半身が濡れてないのである。

ウエーダーの中に水も入っていない。

つい今し方、岩の上からドボンと深い？　瀬にまともに落ちたのに？

爺さんは話を続けて、

「上流にある大堰堤から上(かみ)に向かって最初の落ち込みになる大場所で、もう直ぐ良いライズが始まるよ、楽しんでらっしゃい。ホンジャわしゃ」と言い置き、道路を下流方向へ駆けるような早足で忽ち見えなくなった。

「あの爺さんセロの親父か？」とワタがボソッとつぶやいた。

二人は爺さんの登った護岸をけっこう苦労してやっと道まで上がった。

その時、爺さんと入れ替わるように見慣れた車が軽快なエンジン音を響かせてこちらに近づいてきた。

ウサだ。八メートルほど下流側にあるパーキングスペースへ渓に沿うようにピタリと止め、素早く降りてこっちへ駆けてきた。

見覚えのあるネービーのTシャツが似合っている。

昨年、市内のデパートで藍染めの展示会&注文販売があり、オグとワタがウサの誕生日に合わせてデザインし誂(あつら)え贈ったものだ。

胸元には彼女の好きな言葉〝Study To Be Quiet〟が白抜きされている。

ウサへの〝御帰り〟は三人での軽いハイタッチでＯＫ。

集合時間へのかなりの遅刻を気にしていたが、彼ら二人はそのことに触れなかったのでウサも謝ったりはしなかった。

おそらくウサが無事にさえここに戻ってくれれば、それで何よりだと思ってくれているからだろう。彼女にとって有り難いことである。


「どうやった市場は」

「うん、楽しかった。ちょっとお土産買い過ぎたみたい。二人にも買ってきたから食べてね」

「あ、ありがとう」とワタ。

「お母さんにええ物あったか?」とオグ。

「夏だから生のズワイガニは上がってないいんだけど、北海道の毛ガニのいいのが有った。でもこれはお母さん御用達だよ」

「解ってるて、そんなん貰たら口が腫れてしまう、なあワタ」

「でも僕、蟹派なんですよ、海老より」

「ワタ君悪い、今度宝くじ当たったら買ったげるネ、今日は我慢ね」

再会での一通りのいつものやり取りが済んでオグからウサに、

「ここに着くちょっと前くらいやと思うんやけど竹篭を背負た爺さん見掛けへんかったか？」と聞いた。

「見なかったよ、嶺南変電所からこっち、歩いてる人って誰も居なかった」

「そうか？」

オグとワタはつい先程起きた不思議ごとを、それぞれの主観を混じえないように冷静を意識しながら出来るだけシンプルにと、ウサへ伝えた。

「そうだったの、それでそのお爺さんを見なかったって聞いたのね。途中で人の居る所ってキャンプ場とその向かいの『なかま』とかいう喫茶店だけだけど、わたしが着く二、三分前迄ここに居たってのは時間的におかしいね。でもよく無傷で済んだね。あれでしょう」

と、前方の河床に横たわる件（くだん）の大岩を指差した。

「何かオグって、目には見えない物っていうか、超能力というか、神の力っていうか、常識を突き抜けたところで幸運をもらってるよね」

「悪運やろ！」

「ええ、そう解る！」

何気ない会話だけれどワタには受けたようで顔をそむけてクスクス笑っていた。

話のお返しのようにウサの口から、

「実は私も。貴方たちのように誰か、何か、に助けられたってことじゃあないんだけれど、少し不思議でチョット変なことがあったの」

二人がウサに話したように、ウサも二人に二十分程前に起こった農道での大事故寸前の出来事を伝えた。それを聞いてオグが、

「しもたなあ、一緒におったらウサのオッパイ見れたのに残念！」と言うと、

「ふざけないで！」と言うやいなや、オグの右太腿裏に左回し蹴りが飛んだ。とその返す勢いのまま身体を回転させながら右の蹴りがニヤニヤしていたワタの臀部に強烈に決まった。

ワタは来るのが解っていたのでシッカリ受け止めたが今日のは意外と強かった。そしてウサは空手の「押忍」を決める。

二人とも承知の上で受けてはいるが時々町の中でやるのでそれは止めた方が、というのだがウサはニッと笑うだけ。

実は彼女、中三まで剛柔流空手をやっていて茶帯なのだ。勿論普段それを使ったことな

どなかったのに、この三人でのつまらない冗談から始まり今に至っている。二人とも頑丈な男で、ウサにとっては思いっきり攻撃出来る都合の良い相手なのでこの行為を止めるつもりはないらしい。しかも反撃は一切ない。

これはウサに向かって下ネタを振った時に発生する三人の中だけの、言わば儀式になりつつある。男二人にとっては困ったものだが彼女のストレス発散のためにここは堪えることとしている。

「ウサ、いま並木何とかて言うたな」

「ええ、並木リクと並木ヒナって名札だった」

「あの爺さんの山刀の鞘にも並木てあったな、どこかで聞いたなこの名前……」

直ぐに思い当たったがここでは二人に言わずにおいた。それにオグはウサが帰ってくれば、現在午後四時半と時間も時間だし折り返して和田浜の公園まで行き、着替えて帰路に着くつもりだった。しかしウサにも不思議が起こっていたのだ。

ウサが言った突然横断歩道に子供が二人、降って湧いたように現れたというのは本当だと思う。

先程、大岩から落ちて二人とも怪我をしなかったのもそうだけど、爺さんと話していて濡れていない、というより乾いてしまったことにオグはえも言われぬ怖さを感じていた。あのとき右手に掴んだハンチングからはポタポタと水滴が落ち続けていたのだ。神か仏か、霊か魂か現実とは考えられない死後、黄泉の世界、四次元の世界と関わっていることに、もう疑いの余地はないだろう。

ここまでくれば乗りかかった船、今日の最後まで見届けたいとの思いはある。けれどこれ迄は良い結果だったが、この先、聞いた通りを信じて大きな事故、もしくは最悪のことだって起きるかも知れない。自分だけなら、しかし二人を巻き添えに出来ない。オグは帰宅の方向で決心していた。

その時ウサが、

「どうする、それなら上流のそのポイントへ行ってみる？　明日休みだし、今帰ると帰宅時間の渋滞にまともだし、もう少ししてから帰路に就いた方が道も空いていると思うよ」

ウサはウサなりに考えた結果としてこう発言したのだが、オグが思案している場合、特に他の人が関わっている場合は間違いなく安全策をとることは解っている。

ウサはオグの心を見透かすように、

「正直私も怖い気持ちはある。でも今日に限ってはオグだけじゃなくて間違いなく三人共が関わっている。これは一日を成就させるための流れじゃないかな、それぞれの出来事を支配しているものが何か解らないけれど危険なことになるようには思えない。ワタどう思う」

ワタは話を自分に向けられドキッとした。

得体の知れないものと関わっているのを感じ、早く京都に帰りたいというのが今の正直な気持ちである。ワタが話し出した。

「オグさん、お地蔵様を二体元に戻しましたよね、あの爺さんの身内の誰かのじゃないですかね、そのお礼をするために現れたんじゃないかと考えたんです。山葵を受け取ってもらえなかった。だから暫く我々に付いてきた。もしくはあの大岩が特別な場所なのかも知れません？」

「うーん、かもな。そうやとしてワタはどうしたいんや」とオグが聞いた。

「あの爺さんに悪意はないと感じます。元々かなり義理堅い人で霊とか魂だとしても厚意は素直に受けた方が自然やと思います」

ええっ何だろう？　たしか僕は早く帰りたいと考えていたのに結果逆のことを言ってし

まった。これも何かの力が働いたのかな。

ワタは今言ったことを取り消そうとも考えたが止めた。

「よし！　そんなら決まった。二人の言うことはもっともや、爺さんからの厚意として受けよう。結果がどうであれ上流へ行ってイブニングライズを待とう」

お腹もすいているし喉の渇きもあったので放流釣り場対岸の広場で少し食べることにする。ここから大堰堤まで車で五分と掛からない。直ぐである。

ベストのバックポケットとクーラーボックスに残っていたのは、三切れのサンドイッチとカスクート一本、板チョコ半分、あんぱん一個、小振りのクッキーが五枚。飲み物は７００ccポットに温(ぬる)んだブラックコーヒー三分の一、１リットルのペットボトルにお茶が五分の一、それに５００ccのエビアンだけが六本ある。食べる物が何もないよりはましという程度の量でしかない。

ここに着いたとき三人共が可笑(おか)しな興奮状態だったので多少心配したが、子供のような食べ物の奪い合いや笑顔のままの罵(ののし)り合い等が良い緩衝剤になってか月並みなダジャレやつまらないジョークを連発して何とか平常心に戻ってきたようで、結局エビアン四本だけが残った。

何時もなら夕方のこの時間位での帰宅なのだが、イブニングライズの魚を狙うから遅くなると小田は家人に連絡を入れた。夕飯を作っている最中だったので、「もう少し早く連絡頂戴よ！」と機嫌を損ねたのだが、偶々ウサが魚市場で奥さんの好きな〝鯖のヘシコ〟と〝鰯の味醂干し〟を買ってくれていたので、それが若干効いたようで怒りにまでは至らなかったような電話の向こうの様子が窺え助かった。勿論ウサは小田の家人の好物を心得ていたからこそ、この品物を選んだのだが。

それに何せ、いつぞやこの川で大失態をやらかしたのだから、家人に心配を掛けてはいけないのが小田にとっての第一なのだ。最後に彼は、

「遅くなるかも知れんけど事故のないようにゆっくり帰るから」とだけ言葉を添えた。

上流の大堰堤というのはこの辺の村人には直ぐに解る場所で、ここの堰堤は高さが付近のと比べて飛び抜けて高く、おそらく十メートル近くあるだろう。

爺さんの言っていた所は以前オグも何度か毛針を流したことはあったが、良い思いをした覚えはない。

ポイントは大堰堤から五十メートル程上流で右岸側にある。即ち下流から向かって左、道路側で、大岩を抱くように猫柳とススキの群生が目立ち、その下が大きくえぐれていて平瀬の多いこの付近ではただ一か所、落ち込みから深瀬、浅瀬へと続いていて見た目には絶好のポイントを形成しているのだ。

ここは普段水は少ないが雪解け時の水量は半端ではなく、しかもここの特異な景色として三川が合流していて、その最も下流側で一番狭まったスペースに大堰堤が設置されたため、もの凄い水量と共に多量の土砂が堆積しこんな小規模な渓流にしては考えられない位の河原が堰堤より上流方向へかなりの範囲で広がっている。草野球のグラウンドが三つ以上入るだろう。

ここに着いたのは午後五時五十分。

「ウサどうする」

オグは女性であるウサを気遣った。ついさっき放流釣り場で用を足したのだが暫くの間はここに居ることになるだろう。

「私も川に降りたい」

「トイレ大丈夫か？　今からかなりの時間ここに居ることになるぞ」

「大丈夫、限界来たらあそこでやっちゃう」と対岸側の大岩を指差した。

無論オグも、『車に残ってこっから見てる』なんて殊勝な言葉は返ってこないだろうとの予想は端っからあったが。

「解った。ワタ、ウサをおんぶして中州へ渡ってくれるか」

「ＯＫ！」

オグは念のためロッドをもう一本セットし左手で三本持ち、首からカメラ、右手の袋の中にはエビアン三本と小型のハンディライトが有る。

二人は既に中州で待っていてオグの荷物を受け取ってくれた。

三人はポイントから離れて、昼間の太陽に温められた河原の岩を椅子代わりにして今日の出来事を反芻しながら水面を眺めている。

周辺の明るさ加減と肌に触れる夕風の温度変化で時間の進み具合がなんとなく解る。時間がゆっくりと夜に向かっていることには違いない。

六時半を少し過ぎ陽光が急に弱くなってきた。と同時くらいに中型で白っぽい虫がポツリポツリと水面を流れ出した。〝エルモンヒラタ〟と呼んでいる蜉蝣（かげろう）だが固有名詞には自信がない。

大岩に沿っての流れのスジで小さな白いヨットの帆のようなそれがゴボッ、の音と共に水中に消えた。

偶々だろうがそのライズ音（魚の食事の音）が合図になったように、まばらに流れてくる蜉蝣はほぼ全て数匹の魚の口に吸い込まれていく。

比較的大きな魚のライズが多い。

ワタは既に岸際に据わるドラム缶位の大きさの岩に身を隠しラインは砂地に落として魚をセレクトしている。大きな魚は今のところ大岩に沿ってしか出ない。しかしキャストには水面に張り出している猫柳の枝が問題だ。

「オグ、ワタ何故投げないの」

「さっきワタに説明したとき横に居て多少は耳に入ったと思うけど、今は大きいと思える魚がポイント的には少々難しい所でしか出てない。もうちょっと待ったら必ずもっとワタの近くでライズがある。それとこういう時は一投目が最も重要になるから、ここを失敗すると暫く釣りにならんか大物がまったく出んようになることもあるんや」

「結構、難しいんだね」

「あー、ただ、魚が食べることに夢中になってきたら多分ウサでも何とかなるよ」

「本当！　私釣って見たい」

「もう暫く待ってやって。ワタは今我慢してるとこなんや」

その時落ち込みから深瀬に続くど真ん中で大きな頭がヌルリと出て沈んだ。ワタの手がピクリと動き、ワタはオグを見た。

『ここや！』

オグは声を出さずに口をうごかした。


フライはオグの巻いた〝オールドファッション・#14〟、白いウイングが目立つので薄暗くなった水面には定番である。加えて若干太いワイヤーの鉤を使用している。

ワタはロッドを煽（あお）り軽くシュート、初心者とは思えない落ち着きを感じる。

離れているオグの目にも白い一個の点がうまく流れの筋に乗ったのが見える。

大きな口吻（こうふん）が水面からヌーッと現れ白いフライが音もなく魚と共に水中に消えた。まるでスローモーションの映像を観ているようでワタは綺麗な合わせをくれた。

グリップがプルプル震え、断続的にグイッ、グイッと伸（の）されている竿先の動きから見て、おそらく大物であろう。なんとかネット・インまでこの生命感が繋がっていることを祈る。

一番難しいフッキング直後の激しい魚のファイトを何とか去なせたようだ。

彼は直ぐ、魚と共に岸際をゆっくりと下流方向へ歩きだした。

オグが状況を見ながら同じ方向の更に下手へ回り込んで深瀬から浅瀬になる掛けあがりの流れの中に立って待つ。

逃げようと一旦沈んだ魚を、ロッドワークで半ば強引に水面付近まで浮かせてくるタイミングにオグがネットを綺麗に合わせ入れて完了、である。

ランディングネットに大きな魚体が横たわっている。

数年来コンビを組んでいる釣り人同士に映る位の手際の良いコンビネーションだった。

三十五センチ、オグが計った。見事な雄の山魚女。

ワタが軽く魚体に手を添え、ウサがカメラウーマン宜しく、シャッターを数回切る。接写でも数枚。

黄昏の仄かな光の中でフラッシュが何度も明滅する。

「きれいだね、大きいね」とウサが言うと男二人も頷いた。

ネットの中の魚体をワタが水中で支えて、オグはネットを返して抜いた。

ワタが指を拡げると山魚女は尾鰭(おびれ)を揺らしゆっくりと流れに消えていった。

「イヤー昂奮した！　こんなに脈拍上がったの生まれて初めてです。ラグビーの試合に勝った時より嬉しいですよ、ウサさんオグさんサンキューです」

「うーん、こっちこそ、大物ランディングの見本みたいやったでパーフェクト。まいったな、お見事！」

これはオグの本音である。自身が未だ初心者のときの、幾つかの失敗のシーンが結構鮮やかに浮かんできて苦笑いが出てしまった。


「ワタ、ウサに釣らせたいんやけどええかな」

「勿論ですよ、どうぞ」

曇っているが雨の心配はなさそうだ。もうかなり暗くなってきていて時間は午後七時をほんの少し過ぎている。

ワタが釣ったことで多少の場荒れはあるが魚を下流へ導いたので落ち着くのは早いだろう。

水面の状況は忽ち回復してきて、十五分も経たずで先程と同じ位に見える。

ライズが戻るまでの短い時間にウサへ多少のレクチャーを済ませたが、それでどうこうなるというものではないのは承知である。何とかゴリ押しにでも釣らせてやりたいが、ここはウサの幸運に賭けるしかないだろう。

ワタは下流側からキャストして決めたがウサへの作戦は上流側から毛鉤を流し込む方法で、流れの筋に乗せさえすれば後は水に任せればよい。

向きとしては魚からこっちが丸見えとなる。但しそれは明るい時間帯ならばで陽が落ちている現在（いま）なら大丈夫だろう。

二人並んで河原を迂回してポイントの上流側に回り込む。先ほど別に用意した一本はこの時のために大物を想定した太目のタックルであり、フライはワタが使ったのと同じの、新しい物に結び代えた。

ほぼ同じ位置で静かなライズを繰り返している魚に的をしぼる。

もう夜といってもいい時間帯に入り光量はかなり低いが、眼の慣れというのは中々ので集中すると点のような魚の鼻先や水面に浮かぶ小さな虫などが意外なほど明確に判別出来るものだ。

距離的にぴったりのラインを出し、オグがキャストしウサにロッドを渡す。取りあえずのウサの仕事はオグの合図で合わせを入れること。

「そのまま、そのまま、ロッドをゆっくり倒していって、出るとしたらもう直ぐ来るよ」

ウサは口を閉じて唇を噛んでいる。

眼で追っていた白いウイングが水面から〝シュポッ〟と消えた。

事前のレクチャー通り、オグからの掛け声、

「一、二、ハイ！」の〝ハイ〟でウサは合わせを入れた。

「掛かったヨッ」

自分が握っているロッドの延長線上の相手のことなのに、まるで他人事のようなウサの第一声だった。

強く握り過ぎているのでグリップがマリオネットのようにカックン、カックンと動き、このての振動では鉤がとても外れ易いのだ。

「ウサもうちょっと軽く握れ、相手はサーモンやないねやから」

「サーモン？　何言ってんのよ」

「ああー悪い、無視して無視して」

今のはこちらが悪い。細かな注文を出したところで対応は難しいだろう。

このとき、ジッ、ジッーとリールのラチェット音が響いてラインが少し出ていった。ウサの力加減か、ドラッグ調整の所為か解らないが素早く取り込まないと外れる確率は上がるばかりだ。

手に激しく伝わってくる命の鼓動を感じているのだろう。しきりに、「凄い、何これ、何これ、凄い」ばかり連発している。それでも二十秒ほど過ぎると、さすがに今なにが起こっているのか解ってきたようだ。

オグは穏やかにゆっくりとした口調で言葉を切りながら伝える。

「魚は大丈夫や針はしっかり掛かってる……。リールは触らん方がええよ……。下流の方へ歩こう……。浅瀬の砂地のとこまで……。あそこで魚を掬(すく)うから……。足もと気い付けてな……」

ウサの足元はふら付いているが何とか荒石ゴロゴロの河原から比較的歩きやすい砂礫の岸辺にコースをとって十メートル以上の移動をうまく済ませた。

ワタがカメラを構えている。

オグが下流に回りこんだ。

「ウサ、そのまま岸から離れて、さがって。ワタ、ウサの後ろ、大きな石がないか見てやって」

「ウサさんいいですよ、ゆっくり下がって」

ウサが下がった分だけ魚がオグに近寄るという寸法だ。

「よっし！」

意外にあっさりとネットで掬えた。

ウサが呆然と立っている。

「うまくいったの！」

「ＯＫ。ええ型や。凄いなこんなん信じられへんな。アンビリーバブーっていうやつや。生まれて初めての一投目で尺山魚女釣ったんやぞ」

渡しておいたハンディーライトの光をワタが翳(かざ)してくれる。

オグは魚体に触れ、ヌメッとした艶肌にゾクッとし、キリリとした目に射られてドキリとした。各鰭が大きくて無傷でとにかく美しい。

水中でスケールを当てると、三十三センチ。今度は見事な雌の山魚女である。

強引に取り込んだことは魚にとって悪くはないだろう、従って疲労度も浅いと思える。

ロッドもティペットもワンランク太いものを選んだので、それが良い結果に繋がったのだ。

「写真撮ろう。ネット越しに下から軽く魚を掴んで、水に浸けたままな」

既にオグの横に来ていたウサはオグの手の位置の通りに両手を入れ替えた。彼女のスニーカーは完全に水に浸かっている。

ワタがシャッターを切る。ひいて三枚、マクロで三枚、その度フラッシュがパシッ、パシッと飛ぶ。その直後、ウサはネットのグリップを掴んで水中で返すように抜き、山魚女を流れに帰した。

ウサが、

「有り難う、感激だった。こんなの久しぶり、嬉しい、来て良かった」

オグが、

「イヤー吃驚(びっくり)した。こんなことあるんやね。ほんま後々語り草になるぞ」

ワタが、

「僕も初渓流でこんな経験して、これからが心配ですよ」

渓谷一帯が先程から仄かな光に覆われている。遮っていた上空の雲が薄くなってきたのだろう、朧げな月影が白く東の空に浮かんでいる。

静けさを取り戻した水面にもう何の気配もない。虫たちの羽化が止んで魚たちのディナーは終わったようだ。

ウサ、ワタの二人は今日を完結出来てオグに感謝し、オグにとってはガイド冥利の今夜で二人に感謝である。


勿論というかこの場合当たり前だろうが、魚を釣ることとは別に、やはり三人共があの爺さんの言葉の吉凶を気にしていたようで……。

ここに来るまでは理解出来ない故の怖さがあって多少身構えもしたが、陽が落ちてからの一時の興奮も去って、今朝からの今日一日の結末としては殊更まずい出来事も起こらずに何とか終わりを迎えられたようで、三人はホッコリと安堵していた。


ウサが水際の濡れた砂地に立ち、オグとワタは一段高い所から喜びの余韻に浸っているウサを見ている。

こんな薄明りの中で言うのも妙だが男同士の目が合って、

『ウサはやっぱり綺麗だなあ』なんて、これは二人の心の声だ。

もう午後八時を過ぎていた。周りはすっかり暗いが闇夜ではない。

僅かな月明かりを感じつつ、ウサがランディングネットを持って河原へ上がろうとした時、三人の間の空間にポッと淡い小さな光が現れた。

三人共が気付き、三人共に「あっ、蛍」と口を衝いて出た。が、ウサの眼は尋常でない対岸の岸辺に釘付けになっていた。

見上げているウサが、

「アアッ、あっちあっち」とその方向へ何度も、突っつくように指さした。

「アッチアッチッて郷ひろみやあるまいし」とオグは呟きながら、ワタもオグに倣って振り向きざま二人が、

「オウッ！」と、同じ感嘆詞をあげた後、固まってしまった。

対岸部には数本の橅の若木が中心となりネマガリ竹、タチ柳、ハンノ木、山吹、山もみじ、栃の木等の雑木、それに加えて多くの下草などで、こんもりした小さな森を形成しているのだが、その森の川側一面全てが蛍、蛍、蛍である。

奥行は解らないが幅は二十メートルに満たない位だろう。

ただ単に小さな光が夥しく集まっているそれだけではなくて、遠目では漆黒の山肌、

草木の葉擦れ、清冽な流れの音、夜に鳴く鳥の声、今吹き抜けている柔らかな風、それらが揃ってこの光景を演出しているように思える。

月並みな言い方だが中々こんな景色にはお目に掛かれない。多分これも並木の爺さんからのもてなしだろう。そう感じる。

三人は暫く呆然と立ち尽くし、言葉を忘れた。

年末のデパートやホテルの電飾等と異質な物だ、当たり前か。

枝葉に止まる光も多いが何時の間にやら我々の手の届かんばかりの空間にもかなりの数が飛び交っている。

半端な数ではない、おそらく数千から万に届いているのかも知れない。今の日本にまだこんな所が残っていたのだ……。

「やっぱり六月二十四日は私たちにとって特別なんだよね」と、ウサが呟いた。

「ウサ今日の日付のこと、解ってて来たんか」

「そりゃあそうだよ」

「ワタお前もか？」

「そうですよ、あれっ、オグさん？」

「いや解ってたけど俺だけかなと思てて……」

「だって今日平日でしょ、だのに三人揃ったんだよ」

「そか、そやったんか。二人がこの日にちをそれほど意識してるとは思わへんかった」

「だって、一年前の今日って強烈な印象だったよ、忘れることはないでしょう」


三人は丁度一年前、京丹波の山里で夕焼けと蛍と夜空にカウンターを食らって、あの時は何とか持ち堪えられたが……。

けれど今日は、昼間に神業の救済を受け、黄昏時には初心者と素人が尺山女魚を鉤に掛け、止めは夜の帳(とばり)の向こうから想像を超えた数の蛍の宴である。

間違いなく現実であり、とにもかくにも起こったことの密度が半端ないのだ。

完全なるＫＯパンチを浴びてしまったと表現していいだろう。

ということは昨年と同じかなと揃ってゆっくり空を仰いだがさすがに、そうは問屋が卸さなかった。けれどさっきより雲が薄くなってきていて切れ間から星さえ覗いている。もうじき晴れる兆候かな？

旅客機だろうかオレンジ色の点滅が雲間を北東から南西へ移動してゆく。

「あの爺さんの言葉を信じて間違いやなかったんやな」

「今夜はとっても素敵なことが起こったんだよ。私たちの行動は正解なのよ」

「ちょっと気味悪いけど僕ら普通では考えられない体験をしてるんですよネ」

三人はそれぞれに寝転び、エビアンを咽に流し込みながら蛍の饗宴をただ静かに眺めていた。

日中の太陽で暖まっているゴロ石や玉石や小石、川原からの仄かなぬくもりが背中にも胸の内にも気持ちよく心地いい。

結構な疲労感を身体のあちこちに覚え、それらが瞬く間に大地に吸い取られて、みるみるうちに筋肉や節々が滑らかに軽くなってきて、やたら眼が冴えてくるという妙な感覚を明確に感じて、三人はハッと目を合わせた。

どうやら三人共が不自然な回復をゾクッ、と意識したようだ。

「あの爺さん、どっかから我々を観てるみたいやな」

オグがぽつりと呟いた。

帰路、オグが青卯先生に連絡をとると、うまい具合に当直だった。けれど午後九時半を過ぎていたので多少は気を使ったのだが無用であった。

先生は直ぐに状況を把握して、ウエーダーのままで来て病院で着替えたらどうだと勧めてくれ、

「自販機だけれど軽食も飲み物も有りますよ、それ位ですが私がごちそうします」との携帯での会話だった。特に三人にとってシャワーも使って下さいってのは昼間の汗を流せるので有り難かった。

ワタが多少興奮気味である。と言うのは以前オグの退院間際での青卯先生との話の内容を聞いていて、今日の三人の出来事をリンクさせ彼なりに分析をしたらしく、それを先生にぶつけたいというのだ。


ウサの運転で病院に着いた。

職員通路から入ると先生が案内してくれたのは、災害があった時など十人以上が寝泊まり出来るようにベッド、シャワー、トイレ等の設備を整えてあるかなり大きな部屋だった。

最後にシャワーを使っていたウサが出てきた時にはハイテンションのワタの説明が半分

以上終わっていた。

ワタは節目節目でオグの同意を得ながらも、立て板に水の如しに見事な説明を披露していた。

大学では秀才と聞いてはいたが、思わぬところでそれを垣間見ることが出来た。

青卯先生が「君のその滑らかな話しっぷりは才能だね！」と感心している。

ワタの説明、オグの思い、ウサの推理、それらは青卯先生の持っていたデータと大筋では合致していた。


青卯先生からの話はこうだ。

以前小田さんに話したことと重複するかもしれませんが確認事項として、ウサさんの出会った二人の子供さん『並木陸、雛』は、小田さんたちの前に現れた爺さん、歳格好そして山刀の鞘の名からみても『並木喜助』、即ちその子供たちのお祖父さんで間違いないでしょう。

そしてこの爺さんは栗柄村の「お雛神社」を代々社人として守り続けてきた子孫の直系です。

子供たち二人は平成三年に、爺さんは平成五年に亡くなっています。特に爺さんはあなたたちが元に戻してあげた地蔵様の所で遺体のかたちで発見され、当時涙を誘ったものでした。

それに付け加えてあのお地蔵様は、小田さん和田さんが一緒に落ちた所のあの大きな花崗岩を割り採って、あの爺さんが二人の孫を想い自分で鑿(のみ)を揮(ふる)って作り上げたものです。

並木の子供たちと爺さんに関しては、亡くなってからの目撃の話が私の方で六件聞いていますし、その内の五人の方に会って直接話も聞きましたが、和田さんがおっしゃった子供たちがおねだりして、そのお礼に爺さんが山葵などを釣り人にプレゼントしていた、というのは少し無理があるような気もします。

しかしあなたたちは特別かもしれません。

なんせ河原に落ちた二体の地蔵様を元に戻してあげたのですから。私は宗教家でも何でもありませんが、仮の住まいであろう御孫さんの地蔵が流れの藻屑となるところを元通りにしたということは、仏になっている爺さんにとっての嬉しさはいかばかりか想像にかたくありません。

しかも同じ日に上垣さんが孫のおねだりをいやな顔もせず叶えてあげている。

それが大岩での、事故にならなかった事故に象徴されているると言えるのかも知れません。

私的感覚で言わせてもらえるのなら、大堰堤上のライズの件も含めて、爺さんと貴方たちの間に、ほんの短時間に自然発生的に築き上げられた、ある種の信頼関係がこの一連の奇跡のベースになっているのでは、と考えます。

「今度から帰りはここで着替えたら。私がいなくても使えるようにしておいてあげますから今夜は寄っていただいて嬉しかったです」

「いえ、こちらこそ遅くまですいませんでした。そんな言葉をいただくと、恐縮してしまいます」

「いえ、私はあなた方と話をしながら冷静居士を装っていますが、ワクワクドキドキなんですよ。本当に楽しくて仕方ない。喩えると、新しいキンダーブックをママに読んでもらっている子供のような気持ちなんです」

「そこまで言われると我々は照れるしか仕様がないんですが、次回からは必ず寄らせていただきます」

国道27号から国道303号へと、かなりのスピードで軽快なエキゾーストを響かせて暗闇のカーブを滑るように京都に向かうアウトバック。但し二人の命を預かっているのだから飛ばし過ぎは禁物！

ウサが後部座席でワタは助手席ですっかり寝入っている。

オグは先程の青卯先生とのやり取りを思い出していた。

それにしてもキンダーブックで喩えるなんて青卯先生と自分の精神構造が似ているのかな？

実はオグの書棚には角がすり減って綴じが解れて幾分かセピア感に染まった三十冊余りの件の絵本が修繕という手当てを受けながら未だ現役で手の届く位置に鎮座しているのだ。残念ながら、さすがにこれは本人の物ではなく小田家の二人の子供たちが使った物であるが。

昨年は生死の境目から命を救われ、今夜は突拍子もなくて普通では信じられない話をまともに聞いていただき、自分より一回り若い外科医の少年のような好奇心と人としての大きさ寛容さ気遣いを思い、心の繋がったことを確かめられ、新しい友人が増えたことに感謝しながらステアリングを福井から滋賀へ京都へと繋いでゆく。

因みに、いま走っているこの道が所謂〝鯖街道〟である。

半夏生

今日は二〇一一年七月二日（土）。

先週の金曜日、一般常識では考えられない様々な体験をした。その余韻と残像が色濃く、未だ消えるまでには至ってないので今週はおとなしく家に居ようかなとも考えたが、暦の上で〝半夏生〟と呼ばれるこの日は、数年前から毎年、休日平日に拘（かかわ）らず耳川への釣行と決めている日でもあったので、やはり行動することにした。

一年ぶりに雲谷から渓に降りる。

昨年の〝半夏生〟の日は自身のミスで崖から落ち、あと数センチずれていればこの世とおさらばという位に際どいアクシデントだった。

何とか死神から背を向けることが出来たようだが、家族は無論、周りの多くの方たちに迷惑を掛けたことは随分に反省している。

だからこそ厄落としも兼ねて取りあえず一度、同じコースをたどり、同じ轍を踏まない形で一日を終わらせておきたかったのだ、年一度のこの日に。

小田は今、無事にこうしてここに、この河床の宝石のような大小の砂利を踏みしめて立って居られる幸せを森羅万象に感謝して深々と一礼。そうしてから夜明け直後の渓をゆっくりと歩き出した。


一九八一年春、鳥取県東部千代川支流八東川、この日は暖かかった。

小田にとって初めての渓流釣り、あの時の経験は昨日のように思い起こせる。

しかも無鉄砲は承知での、端っから単独行だった。

初期の釣りはルアーで、初めての魚はスピナーという種類の赤いメップスに喰いついた僅か十二センチのヤマメ。

これがそもそもの始まりである。

ネットに掬った魚の、あまりの可憐さと繊細な美しさで手の平にのせることも躊躇(ためら)われ、華奢な魚体は触れると壊れそうに感じられた。

今でも想い出す小さな魚体の仄かな温もり。

世の中にこれ程清らかで混じり気のない、質素の中の艶やかな衣装、比べられる物があるだろうかと思い、胸に詰まる位の喜びだった。

野生のデザインにはただ脱帽、神様のセンスはやはり人智の及ばないところにある。間違いない、あの一瞬に引き込まれ吸い込まれ〝渓流釣り〟という熱病に罹ったのだ。あれから随分の年月を経たが未だに夢中から抜け出せないでいる。

ただある程度年齢を重ねてきてつくづく考えるところは、魚はたいせつに扱わなければいけない。キャッチ&リリースは当然。なんてもっともらしく恰好を付けてはいるけれど随分の魚を傷つけ死なせているのだろうな、との反省の思いである。

魚を鉤に掛け、ネットに掬い、鉤を外してリリース。この行為は受ける側の魚にとってはとんでもない仕打ちなのだ。こんなに乱暴なことをしているのに何がケアフルにだ。

解ってる、そこのところの理解は十二分に消化しているのだ。それでも魚を鉤にかけ手元に横たわらせたいのだ。釣り人の性といえばその通りなのだ。

本当に申し訳ない。

しかし自然は概ね寛容寛大なので、行き過ぎさえなければ謙虚さを心掛けてさえいればいつものように優しくおおらかに釣り人を迎えてくれる、と。

けれどこれは、人間側の都合の良過ぎる解釈になるか……、これ以上突き詰めると妙なジレンマに落ち込んでしまうのでこれで止めておこう。

浅瀬を川上に向けてたどる。

早朝の冷気を肺一杯に吸い込んで口を尖らせて強く吐きだしピューと音をさせる。それを何度か繰り返していると藪の中からウグイスが追い鳴きをしてきた。しかもかなり距離が近い。

『おいおい、君らの鳴き声と随分違うぞ』と苦笑したが、繰り返すとまた囀ってくる。ウグイス君に悪いのでピューは止めることにした。

いつの間にか、もういつもの場所である。

右前方に見慣れた人工物が懐かしい。釣りだけではなくここも今日の目的の一つであり、きっかり一年ぶりである。

突き出した大岩の前で一礼。石組みの階段を上がる。岩の上の小さな祠の前に出る。クッキーを供え一拝し祈りを添える。何時もと同じだけれど、「生きとし生けるもの森羅万象これみな感謝」と二度呟く。

今までならば、これで直ぐに上流へと歩き出すのだが、振り返る瞬間の視界の片隅に何かが引っ掛かった。

改めて岩の上を見ると、観音開きの祠の扉を結び止めている紐が岩の上に落ちていたのだ。絹の組み紐のようで随分と良い物に思えた。扉の金具に紐を通そうとしたが若干開いていた扉の奥に白っぽい物が眼に入ったので中を確認するため左右の扉を開けた。少ない光量の中でよくよく見ると、どうやら雛人形のようで白く眼に付いたのはそのお顔らしい。確認したら直ぐに閉めるつもりだったが妙に気になったので、手を伸ばし入れてその人形を軽く持ち上げると、浅い段差にはめ込んであっただけでスッと持ち上がった。

丁寧に引き出し、祠の軒先にあたる場所にそれを置いて直ぐ、「ああっ」と声が出てしまった。

ほぼ一瞬、瞬間、刹那だった。解けたのだ。おそらく間違いはない。

これまでの迷い、不思議、謎、疑問、奇跡、不可思議な現象に止めを打つことが出来た。無論、飽く迄も自分の考えのおよぶ範疇でのことだけれど。

そのお雛様のお顔は正にあの小さな畑のおばあさんそのものだった。

精霊なのか霊魂なのか神様なのか正体は解らないけれど、何にしても小田は本能的に一体と一人の合致を確信して疑わなかった。

胸の痞(つか)え、心の隅に引っ掛かっていた魚の小骨らしきものがスッキリと一掃されたのだ。

着物の傷み具合に似合わぬお顔の白さ美しさが印象的である。

タオル地のハンカチでお顔を拭いて、ほつれた着物の端々に出ている糸屑を内側に巻き込み、元の位置に戻し、扉を閉め、金具に組み紐を通し、しっかりと結び締めた。

一礼。してから歩き始めた小田の心は何時にもまして、爽やかで軽やかで心地良かった。

今日は軽く流して早めに上がろう。端っからそう思ってはいたが。

ウサとワタを誘って最近覚えたマティーニを飲りたい。

＊

秋になった。あれほど暑くて長引いた夏が一瞬にして去ったようで次の季節への様変わりは一雨で一気に来た。

ビール、清涼飲料水、エアコン、クールシート、栄養ドリンク等がこの夏飛ぶように売れその業界は潤っただろうが、一方根拠の薄い円高で輸出業は予想以上の苦戦を強いられ売り上げ計画との辻褄を合わせるために躍起になっているように聞いている。その点私の勤める会社は医療関係なので景気の影響をそのまま受けないので助かっている。但し貿易部門はそれなりに深刻らしい。


今日は休日のトレーニング。

鴨川沿いを北へ向かう何時ものコースより三キロほど下流部から堤防にのって、その直ぐから少々シャカリキにペダルを踏んだので息が上がってかなりの汗が滲んだ。帰路、汗が乾いてきていて再度の発汗は嫌だったので烏丸通りをのんびり南下のコースをとることにした。

この通り、街路樹の多くはプラタナスが植わっている。

枯れ落ちた大形の葉っぱから千切れ飛んだ欠片（かけら）が、行き交う車たちの巻き起こす小さなつむじ風に翻弄されながらフロントガラスに当たりワイパーに詰まりで、枯葉たちのささやかな抵抗のようにもみえる。

強いビル風によって起きたのだろう大き目のつむじ風が、アスファルトにぶつかって随分広い範囲の千切れ葉が上昇気流に巻かれながら舞い上がって、その渦の中を車は時速50キロ位で突き抜けてゆく。

のんびりとはいうものの車道を走る場合、流れに乗らないと車に迷惑を掛けるのでそれなりのスピードになるのだが、御池を越えると急に車が渋滞してきた。南を見渡すと姉小路を過ぎた所のビルから出てきたのと通り側の車とが接触しているように見えた。実際には事故寸前で止まっていたようだ。

小田はスピードを落とし車道から歩道への段差をヒョイと乗り上げビルに沿ってペダルを踏む。烏丸通りの歩道は人がまばらで自転車は比較的走り易い。

烏丸三条の信号に捕まった。ここは歩行者が溢れていたので安全のため歩くことにする。

けれどそのために横断歩道の人の流れに合わせてしまい三条通りを西へ向いてしまった。手押しの自転車が歩行者に当たりはしまいかと気を使った所為でもあるのだが、何でこっち方向へ来たのだろうと多少の違和感もあった。気持ち的には歩行者が少なくなれば直ぐに元の道路に戻るつもりである。

けれど心のどこかでこの春先に見掛けた『キリリとした瞳の視線』の印象が強く残っていたからかここまで来ているのにと、いつの間にやら、あの「御釜師」の看板を捜すことにした。

目当ての看板は直ぐに見つかったが彼にとっては唐突で「なんやこれは」と、目の前の思いも掛けない光景に固まってしまった。

それは春先にここに来た時、東隣のキャンパス地の白い布で覆われていた場所が〝雛人形の製作と再生［工房朱甫］〟だったことである。

二階建て瓦葺きのかなり古い建物で、向かって左端に出入り口が在り、一階部は軒の高さまで全面弁柄塗りの板張りで中程の目の高さに一メートル四方位の枠が切ってあり、分厚いUVカットガラスを嵌め込んだショーウインドウになっている。

その奥まったセンターに想像通りお雛様が鎮座。小さな木製の盾に『造られたのは江戸時代で初代朱甫の作と考えられます』と達筆で書かれていた。この春新聞に載った人形だった。

この間の〝半夏生〟の日に雲谷で出会ったお雛様より一回り大きいか、ただ両者共かなり古いはずなのに何でこんなにお顔が白いんだろう。それは昨年見た新聞掲載の写真でもそうだった。その時は印刷だからかなと思ったが、こうして実物と対峙し色白のお顔を見ていると数百年の経過と歴史の存在が言うに言えない迫力として小田に迫ってくる。けれど、独特な優しい香りも仄かに感じられて妙な親近感も覚え、見ていて心地良くもある。

この時、早春の時と同じに思えるキリリとした瞳からの視線が、ガラスに映って正対している人影から小田の眼に射した。即ち彼の右側、真横に立った人物が映っていたのだ。瞬間そうは思ったが右側は無論、後ろにも左にも、誰もいないことは改めなくても解っている。見た目もそうだし空気感が妙なのだ。

間違いなく不思議が起こっているが驚いてばかりではいられない。

病室で青卯先生が仰しゃった「現実に存在する人間としての人じゃあないかも知れません」という言葉。確かに小田自身もそれを感じていた。現れ方もウインドウのガラスの表にポッと現れたと言って良い。

「あなたはこのお雛様のマインドですか」

『マインド?　そのように問いかけてきたのはあなたが初めてですね』

「お雛様にお名前はあるのですか?」

『ありますよ、それは……』

「待って下さい。私が当てます……、扇。でしょう」

『ホーッ、正解の内の一つでしょうね』

僅かな間があって、

『少し照れますがその名で呼ばれたのは三百年ぶりくらいでしょうか……。何だか嬉しいですね』

ウインドウの奥に座るお雛様の精霊だろうか、周りに誰も居ないのに拘らずガラスの表面には確かに、この春に見たキリリとした瞳のあの綺麗な女性が映っている。

髪をアップにして、後ろはチラッとしか見えないが木のバレッタで止めているようだ。

服装は練色の一枚布のみで全身を被っているように見える。髪型や身なりが春のあの時もこうだったかには自信がない。

『あなたがいま、何故ここに立っているかおわかりですか？』

『あなたとは強い因縁を感じます。私との関わりの他に想いも寄らない出来事に何度か出合ったと思いますが』

『これまで、あなたにしか見えない景色が幾つもあったことに覚えがありますか』

『敦賀、美浜、若狭、小浜と、この辺りざっと見渡すだけで目に付く流れは十本以上あるでしょう。何故十数年の間ほぼ耳川だけに通い続けているのですか？』

たて続けに質問のような、確認するような言葉を投げ掛けられた。

「ということは、私は扇さんにコントロールされていたからこその、色々な不可思議との出合いだったのですか」

『コントロールは大袈裟だと思います。私自身にはそんな能力はありません。里山の自然の全てからほんの少しずつの力をいただいて小さな現象を創り出すだけなのです』

『お気を悪くなさいましたか』

「いえ、正直貴重な体験を嬉しく思っています。たった今の状況もそうです」

『そう言っていただくとホッとします』

『もしかすると、私はあなたから時々供えていただく、あのクッキーの美味しさに惑わされたのかもしれません。ウフフッ。』

「精霊も、ジョークを言うんですね！」

「ということは耳川のお雛様と同じ方なのですか」

『あなたの言うマインドが同じなのです』

「因みにお雛様、あのクッキーは作られてから随分時間が経っているんですよ」

『いつ、作った物なのですか？』

「明治、です」

『私の身体は江戸、時代よ。ウフッ！』

「こういう場合、私は笑った方がいいのでしょうか」

『それがユーモアでのマナーですよ。ホッ』

秋の黄昏時、老舗の人形師のウインドウの前で初老のマウンテンバイカーが一人で立っ

て、ブツブツと独り言を言い続けている傍らを、行き交う人々は怪訝な顔を見せながら、
あるいは可哀想にと哀れみの眼差しを送りながら、次々に急ぎ足で通過していく。

今日の夕焼けが素敵に燃え始めた。

やがて初老の男は町行く人々に気にも止められなくなった。

秋はもう直ぐ夜を連れて来ますよ。

もうお帰りなさい……。

そういえば命を救っていただいた御礼を言いそびれてしまったなあ。

終　章

初冬。

夕方のニュースで『福井県嶺南地方に初冠雪』との映像が流れていて、ほんの一瞬だったが国道27号をくぐる耳川の橋がテレビの画面に映った。

行こうか、明日は休日なのだから。


二〇一一年十二月二十三日、前日の雪が日陰のみに残っている。

釣り人は今日、釣り人ではない。従って手にロッドはない。それにもう釣りは出来ない。

十月一日からこの川は禁漁期に入っているのだ。

この十年程の間、何度ここを通ったか。雲谷から本流へ降りる。

いつもの浅瀬を大岩の前まできて暫くただじっと佇むほか仕様がなかった。

徐々に近づいたのだから、もう状況そのものは理解の内ではあった。

大岩の上とその周りに苔と僅かな雪以外なにもないのだ。あれだけの物が存在した痕跡すらない。

岩を積み上げ組み上げた階段、小さな鳥居、祠は、お雛様は、どこへ……。

どうやらこれまで、釣り人の範疇にしか存在しなかったようだ。

しかし、このことへの予感は想いの片隅にほんの少しだがあったので釣り人は意外なほど冷静に振る舞えた。

今日は命に関わって受けた御恩へ感謝の想いを表しにきたのだが……。

勿論、あるいはの予感があったとはいえ、まさかの情景だったのも確かだ。

晴れ渡った冬空の下、神様からの贈り物のような豊饒に満ちた日光の中で、全てが霧散し、かき消されている。

一切の気配が見事に消えていた。

あの奇跡はもう起こらないのだろうか……。

我が眼に映らなくなった残念さはほろ苦いが、それよりも関われなくなったことによるやるせないほどの懐かしさが、どうにも切ないのだ。

最後の言葉はさよならでいいのだろうか……。

一拝して、いつもの祈りを言葉にする。

「生きとし生けるもの森羅万象これみな感謝」

二度、しっかり声に出した。

いま、ここに訪れたことに大きな意味があると感じている。

恐らく釣り人はここへ招かれたのだ。

今日は別れに良い日だったのだろう。

山や谷や川は現実として在るのだから釣り人にとって何も変わりはしない。

大地を自然を精霊を畏怖し、謙虚さを持って、釣り人はまたここに帰ってくる。

それだけである。

それから

おふくろが逝ってしまった。

自身で想像していた通り、あれやこれや、あの時こうしておけば、あんなこと言わなきゃよかった、等と後悔先に立たずで、私のためにあんなに苦労したのに何もしてあげられなかった。

後ろめたい想いを引きずりながらの通夜から葬儀、そうして四十九日となる逮夜の昨日〝おつとめ〟と〝納骨〟までをなんとか済ませる。

今朝は空が白んでくるより早くに目覚めてしまい、台所で冷たい水をグラスに一杯飲み干したあと一時間ばかりボーッとしていた。意図があってこうしているのではなく、正に思考が真っ白になっていて何も考えることが出来ないのだ。

このままでは良くないと、思い立ってスーツに着替えて家を出た。

十月末の未だ薄暗い早朝は、気温が思ったより低くて全身に冷気を浴びると背筋にキリリと来て気持ちが締まった。

今日は休暇をとってあり午後に菩提寺へ行くことになっている。

女房へは『気晴らしの散歩に出るから心配しないで。正午までには帰る』とテーブルにメモを残しておいた。このようなことは稀だがそう心配を掛けることはないだろう。

近鉄伏見駅から乗車し、武田駅で待っていた地下鉄に乗り換え烏丸五条駅で降り、地上に上がってから烏丸通りの西側歩道を北へ向かった。

おふくろとの思い出で、ほんの少し印象に残ったシーンが記憶の片隅にあったのでここに来た。

それは十年以上前の晩秋だった。

御所を観たいというので烏丸仏光寺の辺りを北に向かって車で走っていて、ふきだまっていたプラタナスの枯れ葉がつむじ風でかなりの量が舞い上がり、その下を走り抜けて、おふくろがいつになくその情景を見て喜んでいた時の表情である。だから、まだ初秋だがここに来た。

葉っぱが大きい所為か風に煽られるプラタナス並木の葉音が意外な程に大きい。もう少し時間が経つとビジネス街のこの通りには人が溢れるだろうが、早朝の今は静かにゆっくりと誰にも邪魔をされず足の赴くままに歩いてゆける。

時折、広い車道をかなりのスピードで車が走り抜け大きなタイヤノイズとマフラーからの音が雰囲気を壊すが一瞬でもあり、それも趣として捉える。

この通り、ほぼ全域に渡ってビル街なのに近代的な建物の軒先に疎(まば)らではあるが打ち水が見え、やはり京都なんだなと改めて思う。

ビルに勤める年配の守衛さんが明け方眠気覚ましに、水を汲んできて撒いたりするのかなあ、実際は水道水をホースでだろうなと、無粋な想像を巡らせる。

けれど大きなビルのエントランスを軒先、というのは少し可笑しいか。

アイポッドを使っていた訳ではないが、フッと小田和正の澄んだ声が、美しいメロディーが、泣ける歌詞が思い浮かんだ。

『時を越えて君を愛せるか　ほんとうに君を守れるか……』

何という楽曲だったか……、たしかダジャレじゃないけど〝たしかなこと〟じゃなかったかな？

以前酒の席で高校時代からの友人がこの曲を聴いて「優しさの押し付けみたいであんまり好きやない」と言っていた。

せつなく、一見物悲しく聞こえるけれど、私にはその向こうに希望の光が見えているような詩にも受け取れるのだが……。

そう言やあオフクロも、テレビからＣＭで流れるこの歌、好きだったなあ。

そんなことを思いながら烏丸御池までと、かなりの距離を歩いてきて目の前に地下鉄へと降りる階段が見えた。

この駅から地下鉄に乗って引き返すつもりだったがここで思いもかけない女性（ひと）と出くわした。


「ウサ……」

再婚して彼女の実家も近いこの辺りに住んでいるのを聞いてはいたが、日曜日の早朝に出会うなんて不思議を感じる。

私が南から、彼女は北からこの駅の前で出会うように誰かが演出したようだ。

三メートルほど距離をおいて暫く見詰め合う。

ウサの結婚式に出席して以来三年ぶり。どう見ても表情は寂しげである。

いきなり駆け寄って、ぶつかるように抱きついて激しく泣きだした。

「何が、あったんや」

私は腕を大きく回して、布でおおうような感じで少し強く抱きしめた。

直感的に身内の方の不幸じゃないかな……と思えた。

彼女は気の強い方だ、たぶん悲しみを堪えていたんだろう。

こんな時に何だが烏丸通りの歩道の真ん中に立っていて、恥ずかしいとも悪い気にもならなかった。照れはあるが相手がウサでむしろ嬉しい位だ。

涙が枯れたのか落ち着きを取り戻したのか、暫くのあと二人同じように力が抜けてウサがスッと私から半歩離れた。

「どうしたん。お母さんか？」

かなり以前だったが深刻な病気であることはウサから聞いていた。

「さっき、二時間ほど前。四時二十分だった」

「そうか……。苦しんでか？」

「いいえ、安らかだった」

「よかったやないか、苦しんで逝ったのを見てるともっと辛いぞ」

「そうだね」

「いまは何や。辛いから、ただ歩いてたって感じか？」

「そんなとこだね……。オグはどうしたのこんな時間に」

「四条室町の〝MOJO〟っていうライブハウスで、うちの息子が出てるんや。ライブが終わってから若いのに付きおうてたら、彼奴らは時間の観念がないから乗ったらエンドレスで気いついたら夜が明けてて、ちょっと寝てからここまで歩いて来た。地下鉄に乗ろかと思てたとこ」と言いながら私は地下への階段を眼で指した。

息子のライブなんて嘘だったが、こんな時はこっちが励まさなきゃあならないのに今のタイミングでこっちもオフクロがだめだったんだ、なんて言えるわきゃない。

うちの長男がバンドをやっているのはウサも知っていて、だからこういうことを言ったのだが全て嘘ではなくて、この内容は二か月位前、実際にその通りのことがあったので本当のことのように話せたのだ。

ウサもこれを信じてくれたようだ。

「そうだったの、皆それなりに元気でやってんだね……」

「コーヒーでもするか？」

「進々堂、だね」

「ああ……」

パーラーやオープンカフェが売りの外資系軽食店などが最近の流行りだけれど、御池通りに面したこの〝進々堂〟は朝の七時からやっていてコーヒーやサンドイッチが美味しい。本来は創業大正二年という老舗パン屋さんである。


もう二年くらい前になるのだが……。

富山県の黒部川まで釣りに行っての帰り、夜通し高速を飛ばしてきて早朝に京都南ＩＣで降りたのだが、コーヒーがほしくなって我が家と反対方向の北へ向かい、朝六時過ぎに店の前に着いた。一度車を降りて店先で七時の開店を確かめてから時間まで車の中で眠っていようかとウトウトしかけたとき誰かがガラスを叩いてハッとした。

ウインドウを降ろすと店員の可愛い女性が、

「今コーヒーを立てたところですが、飲まれますか?」と聞いてきた。ネームプレートに〝岩橋〟とあった。

「ええんですか?　まだ開店やないんでしょう?」

「店長がお客様に、コーヒーを飲まれるか聞いてくるようにとのことです」

「ということは入ってもええということですね」

「はいっ」

「ありがとう。そしたら遠慮なく」

こういうところは時間がきっちりしていて、こんなことは通常ないことで遠慮すべきかなと考えつつも、私の動きはたいして躊躇いもなく勧めに甘えていた。

入ると、厨房の中は結構熱気ムンムンで五人ほどが忙しなく行き交っていた。

「こんなに朝早くから、いつもこんな感じなんですか？」と聞くと、

「ほとんどが、昨日にお客様からいただいた予約のサンドイッチを作っているんです。七時半になればＯＬやサラリーマンの方が取りにこられますので、多分オフィスでの勤務前に召し上がるんじゃないでしょうか」

「そうですか、いや多少の段取りもあるでしょうが、一応の準備をして七時からヨーイドンであなたたちの本番が始まるものだと思ってました」

「そうですね、本業がパン屋という特殊な事情もありますからね」

料理などを仮置きするため、厨房とフロアーの間仕切りになっているパーテーションテーブルの端の位置にくっ付けてセットしてある席を、店員さんから勧められるままに座ると、間髪を容れずに大きなマグカップがソーサーに載って多少手荒く置かれた。

恰幅のよい料理人がニコッと笑って、

「どうぞ、お召し上がり下さい」と言った。まだ若い。

「ありがとう、いただきます」

以前に一度だけ来たのだがこんなにでかいカップじゃなかった。このマグは客用？　と思ったのだが、やはり違っていて賄い用のカップだった。

そんなに熱くなかったのでゴクゴクと半分近くまで一気に飲んだ。

「うまい！」

「少しぬるくなっていますが、それ我々が飲んだ余り物なんです。すいません」

「いえいえ、今の私にとっては淹れたての熱いのより、こっちの方がグッドですよ」

「実は私もそう思ってこっちを淹れさせていただいたんです。正解でよかったです」

なんか変だな、初めて会った者同士の会話じゃないみたいで、こっちのことを知っているのかな？　と、そのことを尋ねると、

「いや、実はあなたを見つけたの私なんです。店長をやっています〝岩橋〟と申します」

「いやどうも〝小田〟です。店長？　さっき女の子が店長から私の方にコーヒーが要るか聞いてくるようにとか？　あっ、あの娘と同じ苗字……」

「妹なんですよ、同じ職場なんでやりにくいとこもあるんですが、ここで働きたいなんて言い出しまして」

「でも……、随分……」

「いいですよハッキリ言ってもらって、鬼瓦みたいな兄貴にモデルのような妹っていつも言われ慣れていますから」

「すいません、その通りに思いました」

我々二人のやりとりが聞こえていたのだろう、ここで厨房からクロークの女の子まで店内全体から小さな笑いが起こった。

仕事のじゃまをしていることは確かなのだが、わるいなと思いながらも気持ちの中では自分に拍手をしていた。


岩橋君は私に興味を持った。だから開店前に店に入れてくれてコーヒーを御馳走になった。それはこういうことだった。

まず、車の好みが高性能四駆で私と同じ車種の新しい年式のに乗っている。

私が一度、店先から中を覗いて車に引き返したのを店内から見られていて、何となくこちらの状況、即ちコーヒーかサンドイッチを飲みにあるいは食べにきて到着が早かったので待っているお客さんだろうと読んだ。

それと彼がこちらに対して非常に興味を持ったのは、多分これが私に声をかけてくれた一番の要因だと思うのだが、車が異常に汚れていたからだ。

外観が正に泥だらけ！　というやつ。

これは雨が上がった直後のタイミングに富山県の黒部川の畔（ほとり）に着き、それからあちこちぬかるんだ川沿いや林道を走り廻ったので、泥を塗っては乾かしていたような状況の後に京都まで帰ってきたからだ。高速のガソリンスタンドで窓ガラスは洗ってくれるがサービスはそこ止まりだ。

とまあ、こんなやり取りがあって、お店の方と親しくなり、以後近くに来ると出来るだけ顔を出すようにしている。


ウサはご近所なのでこの店のことはよく知っていた。

着いたのは七時に十分ほど前だった。

開店前だけれどもうコーヒーの香りが辺りにただよっている。

「ウサ悪い、解ってはいたけど、あと十分ほど待たんとあかん」

「いいわよ」

入り口近くに立ってお店の方に気を使わせては悪いと思い、御池通りの広い歩道の車道側との境目、歩行者のためのガードレールに二人共に身体をあずけてガラス越しに中の様子を見ていた。見ていたといってもそれなりに離れているし窓ガラスからの乱反射もあって店員の誰かが動いてるなという程度でしか見えないのだが……。

気を使ったつもりでこちら側に立ったのだが、ものの数分で見覚えのある女性がエントランス用のプラント鉢を持って出てきたのと目が合ってしまった。

岩橋さんである。

「あっ、小田さん」

「あっごめんね、けど七時までもう直ぐですし、待ちますから」

「そんな水臭い、店長に叱られますよ。バタバタしてますけれど、どうぞどうぞ。お連れ様も、どうぞお入り下さい」

彼女はウサの方にも気を使ってくれた。

「そしたら、お言葉に甘えるか？」

ウサはもう歩き出していて意外にも先に入ってしまった。

岩橋妹さんを見ると、目と顔が、

『小田さんも隅に置けませんね』と口には出さないが邪推しているのが明らかである。

ウサも変に思われると困るので私の方から今の状況をこの女の子に話しといてね、というところだろう。

店の中へ入りながら、後についてくる岩橋妹さんに、後ろへ振り向き振り向きしながら手短に、ついさっきウサに不幸があったこと等を話した。

「そうだったんですか、私、違ったふうにとってすいません」

「いえそれはええんですけど、もし私が浮気をしたとして朝早くから二人で知り合いのお店にコーヒーを飲みにはこんと思いますよ」

「それも、そうですね。でも綺麗な方ですね」

「ウサに君がそう言うてたと伝えときますよ」

この時フッと閃いて「岩橋さんちょっと待って」と言いながら手帳をジャケットから出し、さらさらっと簡単な図とレシピを殴り書きし、ページを破り取って、

「忙しいのは重々解ってます。敢えてお願いしたいんですがこれを一人前、なんとか作っ

てもらえないでしょうか」と言って深く御辞儀をし、簡単な説明を加えてからその紙切れを渡した。

「はい……」と言いながら受け取った岩橋妹さんの言いたいことは解っている。いくら兄が小田さんに好意を持っているとしてもこれは行き過ぎでは、だろう。

「無作法なのは重々承知です。そこを何とか」と言ってもう一度頭を下げた。

店長の岩橋兄さんが既にウサの相手をしていて、二人は笑顔で話をしていた。店の中から外に居た我々の様子を見ていて気を利かしたのだろう、P・テーブルにくっついた何時も座る席にはもうコーヒーの入ったソーサーが二つ置いてある。

岩橋妹さんが若干複雑な表情で厨房に入り兄に耳打ちし私の書いたメモを渡しているのも見えた。店長は驚いた仕草の後、

「あの、すいません。知らなかったとは言え、もう少し気を使うべきでした。申し訳ないです」とウサに向かって詫びの頭を下げた。

「いいえ、あなたは普通にお話をされただけです。私たちは開店前に入ってきた厚かましい客なんですから、気になさらないで」と言ってウサは店長に微笑みを返した。勿論店長が失礼なことをした訳ではないのだけれど。

「岩橋君ほんまに気にしんといてな」と私は念を押した後、頼み事の方への儀礼として『申し訳ないです』と口だけを動かして一礼した。

「それよりオグ。何なの、お店の方とこんなに親しいなんて、店長と知り合いなの」

「いや、あの……」

取りあえず黒部釣行からの帰りにここに寄った時のいきさつを話すと、

「オグあなたって、何か不思議議を持ってるよネェー、もちろん四年前の耳川での出来事もそうだけど、普通の人にないサムシングがあるんだよ」

「イヤ俺は普通の人間やぞ。ホモサピエンス、人科、人の初老代表ですよ」

「その、代表って言い方にイラッとくるのよね！」

「そうか？　俺これでも結構もてるんやぞ」

「ハイ、ハイ」

「先週なんか会社の若いのと四人で飲みに行って、新人の女の子がここにチューしたんやぞ、照れるけどな」とほっぺたを指差すと、

「あい変わらずオグはバカな人ね。あなたのことだからお会計は一人で払ったんでしょう」

「あぁー」

「よく考えてみてよ、それはご馳走になったお礼のキスなのよ、それとまたお願いしますネ、の意味も兼ねてね」

「俺がもててんのやないのか?」

「あたりまえでしょう。以前にも私が言ったでしょう。あなたはただの〝スケベジジイ〟だよって」

「そやったんか……」

私が真剣に悩んでいるふりをしていると、ウサが急にふきだして笑ってくれた。

「オグ、ありがとう。でもあなたのやることは何時も見え見えだから、次回はもう少し上手なトークでお願いネ」

「ああ、解った。どこかの劇団にでも入るか。そやけど俺、小学校の学芸会の劇で主役をやって金賞もうたこともあるんやぞ」

「解った、解った」と言いながらまた、大きく笑ってくれた。

母親が亡くなったことでどのような心理状態になるか私の方も似た状況だったので、想いの内が解るというのは烏滸（おこ）がましいが、落ち込んだ心の回復への手助けになればと少しでいいから彼女を笑わせたかった。

ウサは賢い女性なのでかえって気を使わせたかも知れないが、ついさっきよりは幾分表情が柔らかくなったようにも感じ取れる。

コーヒーを啜(すす)りながら、ほんの暫く無言が続いたので、

「少しは落ち着いたか?」と声を掛ける。

「エエありがとう。半年ぶりに心から笑ったわ。感謝します」

「いや、感謝やなんて恐縮してしまうよ。俺も楽しんでるから。こんな時に不謹慎かな」

「いいえ。お母さんも、皆がしょんぼりしてるより笑ってた方が楽しく天国(あっち)へ行けるんじゃないかな」

「そうかも知れんな」

しまったなあ。お母さんの話題から逸らそうと考えていたのに、元に戻ってしまいまずいなと思っていたら、岩橋妹さんがオープンサンドを二人分持ってきてテーブルに置いて直ぐに厨房へ引き返した。こちらとすれば遠慮してお願いしただけで一人分増えたことに何の文句もなく、ここは店長に甘えておくとする。

もう七時十五分でいつの間にかポツリ、ポツリとお客さんが入ってきていた。

「これ、オグが……。素敵！　覚えていてくれたの」

「ああ、以前と好みが変わってなかったらええけどな」

「嬉しい。バッチシよ。これメニューに？」

「ないよ。さっき妹さんの方にお願いしたんや。お前のことやから昨日から何も食べてへんねやろ？」

「ええ。その通りよ」

厨房に入った妹さんが直ぐに戻ってきて、大きなマグカップを二つテーブルに置いた。

「砂糖抜きのカフェオレです。店長から、先程のお詫びの印です。タップリ入っていますから……」

どうやら岩橋妹さんの機嫌は大丈夫のようだ。

「お詫びやなんてかえって申し訳ない。けど断るのも大人気ないし遠慮なく御馳走になります。ありがとう」

これは、ここで食事の時いつも注文するメニューでそれを店長が承知をしていて作ってくれたのだ。因みにこれはコーヒーとミルクがハーフ＆ハーフの割合それのみで、お店のオリジナルはこれに生クリームを大匙(おおさじ)一杯浮かべてある。

店長にお礼のサインでも送ろうかと厨房に目を向けたのと同時に彼がＰ・テーブルの向

こうからヒョイと笑顔を見せ私と眼が合った。

ウサが、

「ごちそうさま。悪いですね」と言って愛想すると、

「いえ、その代わりに小田さんからオープンサンドの代金うんとふんだくりますから」と言い、軽くウインクして奥に戻った。

「オグ、いつもこんなことをお願いしてるの」

「いや、彼が気を利かして注文以外のものを出してくれたことはあるけど、このレシピを作れますか？　てゆうてお願いしたんは今回が初めてや」

ウサはこちらの言葉が終わらないうちにトーストをつまみ上げ角のところから女性らしくないダイナミックさでガブリと齧（かじ）った。

「ちゃんと入ってるんだ！」

「ああ、ちゃんとな……」ちゃんと、というのはグースパテのことだ。

ウサの好みのオープンサンドはこうだ。

7枚切りの厚さ位で軽く焼いたトーストに、ジェンセンのグースパテを薄く均等に塗る。

バターは塗らずに洋ガラシを四隅に少しずつ、真ん中あたりには付けない。その上に〝玉子フィリング〟をのせる。但し、このフィリングの隠し味にエメンタールチーズをおろし金で細かく砕いたものを少し入れる。食パンの7枚切りの市販品はないが6枚切よりは多少薄くする。またエメンタールチーズというのはチーズフォンデュ等に使う一般的な硬質チーズのことである。とまあこれがウサの好みのレシピである。

どんな理由(わけ)でこのようなレシピになったかは聞いてないが、彼女が再婚する前の年の真冬にいつもの三人。ウサ、ワタ、私で余呉湖(よごこ)のワカサギ釣りに行った折、彼女が昼食の弁当として作って持ってきてくれたもので、美味しかったからその時レシピを聞いていたのだ。

サンドイッチは野外でパクつくのには打って付けの食べ物で、またおにぎりと比べて軽いのがいい。ウサのレシピは何度か試していて私的にはオープンサンドではなく普通のサンドイッチ式が好みである。

ウサはワイルドに齧っては咀嚼(そしゃく)していた。半分近く位まで食べてからパンをプレートに戻して大きなカップのカフェオレのかなりの量を一気に飲んだ。

ウサの食べっぷりに見入っていると、一息ついたウサと眼が合った。

二人共に自然に笑みがこぼれた。つらい時だけれど美味しいものを食べた幸福感も伝わってくる。

子供のように笑いながら、ウサの目にタップリの涙があふれて、ポロリとテーブルの端っこに落ちた。

今まで何度か女性の涙でドキリとしたけれど、今のウサの涙も男にとってはたまらなく胸にくる。

それこそ、このタイミングでこんな気持ちは不謹慎だろうが、新潟・柏崎に住む大伯父の言葉がフッと浮かんできた。

『いい女の条件の第一は、見た瞬間思わず抱きしめたくなる。そういう女がいい女だ』

と、これを夏休みで帰郷した高校生の私に、テレビに映る女優さんを見ながら同意を求めるように繰り返すのだ。

今のウサがある意味こう言えるのかも知れない。

但し、これは女房には内緒にしておく。

不幸のあった直後だし無粋な話かな、とも思いご主人との話が舌先まで出かけたが止めた。噂ではあまりうまくいってないように聞いていたからだ。

しかしその直後、向こうからその話をしてきた。

「ダンナとね……」

「おー、ええんかこんな時に余計辛いことにならへんか……」

なんせ元同僚だし、会社にはまだウサのことをよく知っているという女性も居る。

「そうかもね、でも話したいんだ。愚痴だと思って聞いて。ああ、言い直す。愚痴を聞いて」

「それで気い済むんやったらなんぼでも聞くよ」

「時間はいいの？」

「ああ、今日は完全ＯＦＦ」

私にそんな確かめ方をしたのに、話はほんの少しの時間で済んだ。

「私、別れるかも知れない。アイツ暴力を振るうんだ。こっちは再婚だしお母さんの手前もあるから、ああ私のお母さんね、我慢してたんだけど死んじゃったから」

「暴力て、こんなこと言うたらなんやけど反撃はせえへんかったんか？」

「した。でもそれが致命的になったみたい。彼、私が空手をかじってたなんて知らなかったから調子に乗ったのね。二か月位前だったわ。それまでは平手で何度か、ぶたれたことはあったんだけれど、その時は拳で殴ってきたの。後ろに下がりながら避けたのよ、顔面をかすって私に避けられたことで余計にムカッとしたんでしょうね、次の拳は身体ごと向かってきたから、反射的に出した前蹴りがカウンターで喉に入ったの、のたうち回ってたわ」

「笑い話にしたいとこやけど、深刻なんやな」と念をおすと、

「私に男を見る目がなかったのよね、懲りたはずなのに、またまた姿形（すがたかたち）だけで選んでしまったようなのよね。ホント、私ってバカ！」

別れない方向へもってゆくのか、そんなんじゃ直ぐに別れろとするのか、まったく別の話へ、例えばワタも誘って三人で山を歩くとか、しかしお母さんが亡くなったとこだしな等と思案していると、この話の流れを切るように、

「お葬式のほう兄が仕切るんだけど、お父さんは看病で精神的にまいってるしね。細かな時間なんかはまだ決まってないけど……」と言いながら現在（いま）決まってることを手短に知らせてくれた。

この近くの、東洞院通りにある泉龍寺での告別式になるだろうということと、日程的に

今日を通夜にすると明日が暦では友引で本葬は避けるべきだという葬儀社の助言だったので、明日の夕方が通夜で明後日が告別式になるという。

時間に関しては決まり次第メールをくれる。

少し混んできたのをきっかけにお店を出ることにした。

注文した内容のレジシートを請求すると、我々が立ち上がったタイミングで岩橋妹さんが早足でテーブルに来て、

「店長からお金はいただかないようにと託かっていますので」と、言葉を強い目に断定的に、即ち代金は金輪際受け取りませんからね！　という強い意思表示をされてしまった。

店長はサンドイッチの配達に出ているらしい。

「わかりました。店長に宜しくお伝えください」

お客さんも入ってきたのでここで客の立場の私が『いや、そんな訳にはいきません』等と意地をはったりするとかえって迷惑をかけるだろう、このまま厚意に甘えることにした。

私的には気持ち的にも金銭的にも後々のことを思うと、かえってこのようなことは困るんだがな？　というのが本音だがここはあっさり受けておくのが大人の対応だろう。

お店を出て西に向かい烏丸御池の南北方向の信号が青に変わったところで、「そしたら、俺行くわ」と、ウサはてっきり北の方角へ帰ると思っていたのだが、ウサもこちらと同じ方へと横断歩道を渡る私に追従してくる。

「ウサ、病院上やないんか？　さっき南方向に歩いて来たやないか」

「病院はこっち〝京都逓信病院〟よ、六角新町にある。さっき出会ったのは一度実家に戻ってから病院に向かってたからよ」

「そうか。それやったら病院まで送ろうか」

「そう、じゃあお言葉に甘えるわ」

病院まで十五分くらい、二人にはほとんど会話らしい会話はない。

けれど少し違っていたのは、ウサが無言のままで、ズボンのポケットにつっこんだ私の左腕に自分の右手を組んできたことだ。

最初の結婚の時も、離婚した後も少しの時間だったが二人っきりで歩いたことは何度かあったがこんなことは過去に一度もないし、そういう意味では彼女は硬派で『そんなチャラチャラしたことはしたことないよ、恥ずかしい』なんていうタイプである。

こっちは正直悪い気はしない。けれど一瞬自身の照れもあったので軽く振り払おうとも思ったが流れにまかせた。

妙なときめきを覚えてまずいなと感じはしたが、いまさら腕を振り払うことも出来ずで、そのまま歩いて烏丸通りから六角通りを西へ入ると直ぐに白い大きな建物が見えてきた。高い位置にある赤十字が目立つ。

病院に入らずに通り際で別れるつもりだったが、ウサは立ち止まらず腕を組んだままで私を引っ張るように、スローな動きで開け閉めされていた自動ドアが開いた状態だったこともあって、二人共まったく立ち止まらずに待合室の奥まで来てしまった。

『ここで、帰るわ』と私が言うより早くウサが、

「ちょっと待ってて、直ぐに戻るから、お母さんは多分、南側の駐車場の方から出てくると思うんだけど」と、ウサはお母さんの遺体の出てくるところを私に教えるように話してから、壁に貼った〝病棟へ〟の矢印の方向へ急ぎ足で進み、立ち止まった途端にエレベーターの中に消えた。

姿が見えなくなって十分、やがて二十分と経ってもウサの帰ってくる気配はない。

このまま帰ってしまうか、私の立場としては病棟へ見に行くのもおかしいし、もう少し待つか、それとも先程ウサが言っていた駐車場の出入り口を観に行くか……。このまま待

っているのもつまらないので一旦外に出て駐車場の方へ回り込んだ。

その駐車場側の出入り口には既にナースとドクターを含む病院関係者がこちらの方に向いて真横一列に緊張のおももちで並んでいた。

このような状況はこれまで何度か経験していたので、多分もう数分でウサのお母さんの遺体を移動させてきて、霊柩車ではないが搬送用の黒光りのワゴンがゲートを開けた状態で待機しているので、それに乗せるのだろう。

このような状況だったからウサも直ぐに病室から戻ってこられなかったのだ。

出入り口のところまで行った方が良いのか少し思案したが、十五メートルほど離れたこの位置で見送ることにした。

成り行きにまかせてはいたが、車が出たら直ぐに待合室に戻るつもりではある。無論今居るこの場所でこの後ウサと話せればそれはそれでいいのだが……。

俄かにざわついて建物の中から遺体を乗せたストレッチャーが出てきた。

踊り場のようなスペースに止まって、前後の位置にいる葬儀社の二人の男性が彼らの右側の位置に居る病院関係者に丁寧な御辞儀をしてから、緩いスロープを下りワゴン車のバックゲート後端にそのストレッチャーがコツンと当たった。

ストレッチャーの上部の台ごと、その二人の男性によって遺体を静かに車に滑り込ませた。と同時に年配の女性一人と四十代と思われる男性二人が何度も頭を下げながら、遺体と同じようにスロープを降りサイドドアからワゴン車に乗り込んだ。

運転席と助手席に葬儀社の男性が乗り込んでドアを閉めたと同時に病院関係者一同がワゴン車に注視し一斉に故人に向かって頭を下げる。

ワゴン車がゆっくりと走り出し、私に当たる寸前まで来た。

運転者は進路を断って避けない私をにらみつけて車を止めた。

助手席の男も私に向かって何も言わない。

それには此方（こちら）が、よほど思い詰めた表情をしていたからに他ならない。

「まさか！」

脳天から足裏のコンクリートの中まで戦慄が激しく突き抜けた。

やってはいけない行為なのは解っているのだが、一言非礼を詫びなければならないのだが言葉を発することが出来ず、車に歩み寄りスライドドアのガラス窓越しに白い布団に覆われた遺体をただ暫く見つめ続けた。

ものの二分も経っていないと思うが、ようやく取り乱した自分に気が付いて私が数歩後ずさりしたと同時にワゴン車のスライドドアが開けられた。

そこには泣き腫らしたのだろう充血した眼のウサのお母さんの顔があった。

奥に座る二人の男性はウサのお兄さんと、ウサのご主人である。

私が深々と頭を下げると、お母さんから、

「急性白血病でした。あっという間でした。あなたにとても逢いたがっていました。よく来てくれましたね」

「あっ、はい」

「今から、御池通りを越したところの泉龍寺というお寺まで行くんですが、ご一緒にどうですか？　ほんの五分位のところです」

「いや、それは、私は身内でもなんでもありませんので」

「そうですか、穿(うが)った言い方かも知れませんが我々に気を使っておられるのならそれは見当違いですよ、ウサはきっと喜ぶと思います」

無論、常識的には行くべきではないのだけれど、お母さんの言葉はお母さんの想いとして同行することを望んでいるのだろう。

「はい、それならお寺までお供します」

私は、ワゴン車の奥へと席を移動してくれた男性ふたりに改めて頭を下げてから車に乗り込み、前席に座る葬儀社の方にお詫びをして、自分の手でスライドドアを閉めてからシートに座った。

「顔を見ますか？」

「いえ、それは……」

「見てやって下さいな、優しいお顔ですよ。亡くなった直後に比べて、いまはもう笑っているみたいです」

お母さんが指先で摘み上げた白布の下に、ついさっき別れた時のままのウサの顔があった。まだ死に化粧もしてないのに美しく穏やかな微笑みが浮かんでいる。

お母さんの手を軽く押さえて布を元通りにと無言でお願いした。

自分のオフクロの死に顔の時にはまだそれなりの覚悟があったので他人の前では十分に堪えることが出来たが今は、つい先程までの経緯（いきさつ）もあって胸の奥から今迄に体験したことのない痛みが沸騰したように突き上げてきてキリキリと烈しく胸を刺して、叫びたい衝動にただじっと耐えた。

何とか痛みが和らいできて直ぐ、何時になく狼狽えている自分を意識して我に返ると同時に、込み上げる嗚咽への我慢の限界を超えてしまい、顔をそむけて俯いた途端、噴き出すように涙が溢れてきて木綿のハンカチが忽ち役に立たなくなってしまった。

END

付　録

〝朱甫〟のお雛様の頭(かしら)は陶器製で、しかもあのお顔の白さには若干の秘密がある。それは蛍光材で意外に難しい白色蛍光材の概略と、お雛様の頭の製造に関わってさわり程度の情報を紹介しておきます。

通常の蛍光は緑&青系が多いのだが、これは白く発光させるという日本は無論、世界でも貴重な原料であり、またそれを扱う技術である。

瀬戸の白岩という所で水野川の源流の河床から採った粘土に秘密があって、この粘土には特殊な顔料が含まれており、この成分が作用して800〜1000℃の間で焼成すると蛍光が際立つ。しかもこの蛍光作用が数百年単位で保たれるというところがミソなのだ。従って釉薬(ゆうやく)に混ぜる〝蛍光剤〟、ここに〝朱甫〟という人形師が永きに亘り代々その名声を保ち続けられてきた理由の内の一つだ。

実際の作業は中空の頭を白岩粘土の素焼で作製し、お顔を筆で描き、白色の釉薬を可能な限り薄くコーティングし、900℃前後で焼き上げ頭の完成となる。と、シンプルな文章で表現するが頭を焼成する過程で段階的に下げてゆく温度コントロールが微妙で難しく、ここが〝朱甫の朱甫〟たる所以である。その上、このタイミングでうまく焼成出来ていても大きな問題として右記の顔料が入っていることによる、焼き上げたときの小さな気泡と微細なヒビを諝うところの貫入を、コントロールすることが難しいので、良品率がかなりシビアーになるのだ。

作者が聞き及んでいるには、この技術はかなりの数の陶工たちが明治に入ってから同じものを造るために模索、研究、試作を繰り返してきたが未だに他の人形工房では発表されていないところをみると、まだまだ〝朱甫〟の名声は続く様子である。

後書き

この一年良いこと、嬉しい出来事はあまりなかった。というより私にとっては不幸ばかりだった。自身もしかり、家族にも、そして友人にも、耐えがたき最悪（最悪は言い過ぎかも知れないが生き死にの関連は辛い）のことが続いた。

若い頃なら不運、不幸をセンチメンタルに受け止め悲劇の主役として自分を物語のストーリーなんかに当てはめて恰好つけてりゃいつの間にか霧散してしまうだろうが、私ぐらいの年になると心の柔軟性がこんにゃくから乾燥した食パンのようになってしまっていて、小さな衝撃でも欠けたり割れたりしてしまうものだ。

正直、ジジイのハートはそんなに強くも賢くもない。

誇れるものなどないが何とか認めてもらえるものがあるとすれば技術者としての経験値が他人よりも長い位であり、これとて新しい機械に取って代わられることも多々あるのだ。

不調、低迷をいつまでも引きずってはいけないのは理解しているつもりだったが、フッとしたはずみに、ガックリと落ち込むことがある。それを幾度も繰り返す。

けれども日常的なある些細な出来事、平凡な行為の中でそれまでの何につけてもネガティブだった自分がバカみたいに思えてしまった。

それは初冬の朝。大陸からの零下32℃という寒気団が降りてきていて気温２℃、晴れ、ほぼ無風。

このような気象条件の中でマウンテンバイクに跨りいつものトレーニングコースであるまだ人気（ひとけ）のない鴨川遊歩道、キリッとした空気を裂いて風を感じながら走っていると、冷気を切る以外の一切の音が消えたように思えて尚、足への負担も呼吸の苦しさも意識からなくなり、アレッと感じた時だった……。

何か神の啓示のごとく、頭の上からつま先まで切れるような寒気がスパッと身体の中を突き抜け激しく身震いがきた。

断っておくが御叱呼の時の〝ブルッ〟ではないよ。

マグネシウム紛に点火したような一気の発火と閃光、耐えてきたすべてのもの、即ち苦悩や後悔や反省や懺悔や不謹慎や我慢や停滞などという後ろ向きなたくさんの考えが、白い煌めきとなって四方八方へ飛び散ったのを確かに感じとれたのだ。

自分は何を悩み苦しんでいたのだろう。全て過ぎたことではないか、もっとポジティブな心意気で前を向いて、建設的に創造的かつ独創的にやればいいじゃないか……。

東日本大震災（二〇一一年三月十一日）のあと、結構につらい思いをしてきて、それを乗り越えて明るく振る舞う大勢の生徒に向かって宮城の中学の先生が、「想像力こそが未来を切り拓く！　自身で考え自らの道を切り拓け！」と叱咤していた映像を思い出した。

「その通りだ」

御所までの往復、シャカリキに飛ばしたので久しぶりに一時間を切ってかなりの汗が滲み出た。この季節にこれ程の汗はめずらしい。

汗で重くなった下着を全て足元に脱ぎ捨てシャワーを浴びながら、へそ周りの嫌な膨らみを手の平で叩きながらそれを反省しつつ、精神も肉体もなにやら生き返ったように思えて、新しい自分を感じながらピキペキパリと確かに古い殻がひび割れて足元に剥がれ落ち、頭上から伝い落ちる熱めの湯と共に白い湯気にぼやけて流れ去り消えてしまったようだ。

著者プロフィール

遠野 遠野（とおの とおや）

1948年1月生まれ
京都府出身、京都市在住
京都市立伏見工業高校卒業
職歴は多岐にわたる

蛍が飛ぶ日

2023年10月15日　初版第1刷発行

著　者　遠野 遠野
発行者　瓜谷 綱延
発行所　株式会社文芸社
〒160-0022　東京都新宿区新宿1－10－1
電話　03-5369-3060（代表）
03-5369-2299（販売）

印刷所　図書印刷株式会社

ISBN978-4-286-24463-1　JASRAC 出 2303792－301